KUNSTMANN

Véronique Olmi

EINE SO SCHÖNE ZUKUNFT

Aus dem Französischen
von Claudia Steinitz

Verlag Antje Kunstmann

Dank an Ariane, Malika, Mady, Xavier und Pascal

Für Julia

Kalt war es im Theaterfoyer. Niemanden schien es zu kümmern. Was kümmerte die Anwesenden überhaupt? Sie wollten glücklich sein. Daran glauben. Wenigstens so tun als ob. Elisabeth jedenfalls hatte diesen Wunsch. Es war die Premiere der *Schule der Frauen*, es war Pascals Inszenierung, und sie freute sich für ihn. Das Theater war voll gewesen, alle hatten lebhaft applaudiert, sie hatte vier Vorhänge gezählt – natürlich war die Hälfte der Plätze von Freunden besetzt, und niemand machte sich etwas vor: Wer heute gratulierte, würde morgen kritisieren.

Es war fast angenehm, gemeinsam in dieser Kälte zu stehen und sie nicht zu spüren. Dicht beieinander zu sein, im Kopf jene Leichtigkeit, die entsteht, wenn man noch nichts gegessen hat, aber schon eifrig Weißwein aus Plastikbechern trinkt. Es wurde auch viel geraucht. Das durfte man. Das Verbot mochte für Bahnhofshallen, Ämter und die Metro gelten, hier hatte es nichts verloren. Hier war man beinah *en famille*. Beinah.

Elisabeth entdeckte Boris Angelli. Er unterhielt sich mit einer jungen dunkelhaarigen Frau und dem Verwaltungsdirektor des Theaters, aber während des Gesprächs sah er, wie alle an diesem Abend, neugierig über die Schulter des

Gegenübers und kreuzte Elisabeths Blick. Keiner hörte dem anderen wirklich zu, alle suchten einander, versuchten sich zu erkennen, so viele wie möglich zu kennen, man war unter Freunden, Kollegen. Die anderen, die »zahlenden Gäste«, waren nach Hause gegangen, sobald die Vorstellung beendet war, wie Kinder, die ins Bett geschickt werden, ehe sich die Erwachsenen richtig amüsieren.

Boris winkte Elisabeth zu, die näher kam und lächelte, als sei sie die Hausherrin. Sie hatte ihn vier Jahre nicht gesehen, seit sie zusammen in *Die Heimkehr* von Pinter gespielt hatten. Sie fand, dass er etwas dicker geworden war und weniger verführerisch wirkte; während sie sein Alter überschlug, fiel ihr ein, dass er sicher auch Veränderungen an ihr bemerkte … Sie waren vierzig, Zweifel traten an die Stelle der Unbekümmertheit, das war nicht zu übersehen. In dem Pinterstück waren sie glücklich miteinander gewesen. Boris hatte seitdem viel gedreht, während Elisabeth die ganze Zeit in Paris geblieben war, um sich ihren Töchtern zu widmen, und so hatten sie sich nicht wieder gesehen. Jetzt lächelten sie sich an, mit demselben Verlangen nach einer Umarmung, als kämen sie gerade von der Bühne, mit dem Bedürfnis, sich zu berühren, sich zu spüren, sich geliebt zu wissen. Nach einem Zeichen der Anerkennung.

»Du siehst wunderbar aus«, sagte Boris, als hätte sie sich extra für ihn schön gemacht. »Ich habe so sehr gehofft, dich heute Abend zu treffen! Clara …«, fügte er hinzu und wies auf die junge Frau, die ihn begleitete.

Elisabeth hatte Boris oft mit respektvoller Bewunderung von Clara reden hören. Jetzt verstand sie weshalb. Clara war das, was man eine Schönheit nennt. Sie war nicht groß, aber wohlgeformt; vor allem ihre runden, vollen, festen Brüste zogen sogleich den Blick auf sich. Elisabeth überlegte sich, wie faszinierend es sein müsse, ein ganzes Leben lang diese Brüste zu tragen, und tatsächlich schien sich Carla sehr wohl zu fühlen in ihrer Haut, der gebräunten Haut, die so gut zum Schwarz ihrer Augen passte, die weißen Zähne betonte und den sinnlichen Mund – der allerdings etwas zu stark geschminkt war. Elisabeth drückte ihr die Hand, eine warme Hand voller Ringe, deren kleinste Bewegung ein Dutzend Goldreifen an ihrem Handgelenk klingen ließ. Dann wandte sie sich rasch an Boris:

»Na? Was hältst du von der Inszenierung?« Da er schwieg, ergänzte sie mit einem Lachen und dem heimlichen Stoßgebet, er möge mit der gleichen Leichtigkeit antworten: »Du hast doch keine Angst?«

Natürlich hatte Boris Angst. Er sollte in Pascals *Don Juan* spielen, und was er soeben gesehen hatte, bot allen Anlass, ihn zu verunsichern. Er zögerte einen Moment, wusste, dass er nicht aufrichtig, sondern beruhigend auftreten musste, eher neutral, als brauche er Zeit, um die Inszenierung gründlicher zu analysieren.

»Das ist eine sehr originelle Aufführung…«, und leiser, als wollte er sich selbst überzeugen: »Sehr originell …«

Clara spürte seine Verlegenheit:

»Sie haben mir in *Die Heimkehr* sehr gefallen. Ich konnte nach der Vorstellung nicht mehr bleiben, aber ich bin froh, dass ich es Ihnen heute Abend sagen kann. Sie und Boris waren ein wunderbares Paar.«

»Ja«, sagte Boris, erleichtert, das Thema wechseln zu können, »schade, dass das Stück nicht besser gelaufen ist, die Kritiker haben nichts begriffen. Was machst du im Moment?«

Elisabeth wusste, dass man ihr die Frage an diesem Abend noch öfter stellen würde. Was sie machte? Sie lebte, vielleicht ... Ganz sicher. Sie war erschüttert aus dem letzten Polanskifilm gekommen, sie las jeden Abend ein Gedicht von René Char, sie hatte im Gespräch mit ihrer älteren Tochter Camille eine Ahnung davon bekommen, wie sie sich später von Frau zu Frau unterhalten würden, sie hatte mit Erfolg ihr erstes Couscous Royal gekocht, sie hatten sich an diesem Abend so gut gefühlt, alle vier zusammen, Pascal, die Mädchen und sie ... Das konnte man nicht sagen. Persönlich. Belanglos? Sie lächelte wie eine erfüllte Frau:

»Ich habe schöne Projekte, aber ich bin zu abergläubisch, um darüber zu sprechen.«

Sie zog sich geschickt aus der Affäre. Aber konnte sie denn zugeben, dass sie im Begriff war, sich mit einer Hellseherin zu verabreden, um zu erfahren, ob sie wieder ins Geschäft kommen würde, dass sie überlegte, den Agenten zu wechseln (»Aber Liebling, in Paris den Agenten zu wechseln ist genau so, wie auf der Titanic den Liegestuhl«, hatte Pascal gesagt und selbst über seinen Witz gelacht), dass sie manchmal dem Telefon befahl, sofort zu klingeln, überzeugt, dass die Telepathie funktionieren würde, dass sie jedes Mal Bauchschmerzen bekam, wenn sie die vertrauten Namen der Kollegen auf einem neuen Plakat in der Metro oder an den Litfasssäulen las? Dabei war es noch gar nicht so lange, dass sie nicht mehr arbeitete. Vier Monate nur. Viereinhalb. Fast fünf. Und sie hatte Angebote abgelehnt. Die Rollen waren so frauenfeindlich, so voller Verachtung und überkommener Ansichten, das machte sie rasend, manchmal zerriss sie die Manuskripte oder verbrannte sie in der Spüle, aber die Stücke wurden auch ohne sie inszeniert, es gab so viele Schauspielerinnen in ihrem Alter, so viele, die sie ersetzen konnten. Eine Ablehnung von ihr bedeutete nicht mehr als die Streichung ihres Namens auf einer langen Liste von Darstellerinnen, die für diese Rolle in Frage kamen, und den Groll ihres Agenten, der ihr mangelndes Urteilsvermögen vorwarf. Sie wusste, dass sie etwas Besseres verdiente. Dass sie sich nicht beschädigen lassen durfte, sich, ihre Begeisterung und ihr Bild von sich selbst und ihrem Beruf. »Ein bisschen Stolz …«, sagte sie sich oft. »Ein bisschen Stolz, sonst stürzt man ab.«

»Guten Abend!«

France Meynard hatte sich zu ihnen gesellt und

streckte Clara entschlossen und direkt die Hand entgegen, unmöglich, sie abzuweisen.

»Guten Abend«, antwortete Clara nur. Sie reichte ihr die Hand, die Armreifen klirrten, Schweigen machte sich breit. An Premierenabenden haben Theaterfoyers einen Horror vor dem Schweigen. Schweigen ist mörderisch. Schweigen ist ein Geständnis. Aber die junge Schauspielerin erwartete ein Kompliment, sie hatte zum ersten Mal die Agnès gespielt. Elisabeth füllte die Leere:

»Nicht zu erschöpft, France?«

»Warum? Solche starken Rollen bringen einen erst richtig in Form.«

Sie sahen sich an, etwas verlegen, unentschlossen. Der Verwaltungsdirektor, der bis dahin geschwiegen hatte, wandte sich an Elisabeth:

»Ich muss mit Ihnen reden.«

Er nahm sie beim Arm, zog sie beiseite. Einmal mehr würde sie die ruhige, sachliche Vermittlerin sein, die imstande war, den Zorn ihres Mannes auszuhalten und seine Beziehungen zur Theaterleitung in Ordnung zu bringen. Sie gefiel sich in dieser Rolle.

»Ich höre Ihre Sendung sehr gern«, sagte France zu Clara. »Schade, dass sie nicht ins Fernsehen kommt, das ist wirklich ungerecht.«

»Entschuldigt mich«, sagte Boris eilig. »Ich muss einen Freund begrüßen.« Fröhlich winkend verließ er sie, und die beiden Frauen blieben allein zurück.

»Das ist eine Radiosendung, es ist überhaupt nicht ungerecht, dass sie nicht ins Fernsehen kommt«, widersprach Clara und erklärte etwas von oben herab: »Man braucht schon große Reife, um Agnès' Unschuld zu spielen, ist das nicht das Paradox des Theaters? Das ist doch Ihre erste Rolle?«

»Ich komme vom Film. Das heißt ... ich habe ziemlich viel Werbung gemacht ... ich habe viel gelernt ... das Wichtigste ist, immer zu lernen, offen zu sein ... jedenfalls finde ich das ... so fühle ich es ... ja ... genau ...«

Clara beschloss, dass es reichte. Wo war Boris? Er hielt Hof in einer Gruppe von Schauspielern, die an seinen Lippen hingen, im richtigen Moment lachten, ihn unverhohlen bewunderten. Sie beneidete ihn. Er zog sich immer geschickt aus der Affäre.

France winkte verzweifelt dem Pressesprecher des Theaters zu, der aber erkannte die Starjournalistin Clara Mercier nicht und kippte lieber das sechste Glas Weißwein mit den Beleuchtern, die sowieso viel unterhaltsamer waren als eine Schauspielerin, die bei den Proben weinte und dann zur Entschuldigung dem ganzen Ensemble Bonbons anbot.

»Einen Augenblick ...«, sagte Clara zu France. Und ließ sie einfach stehen mit ihrem in Unschuld erstarrten Lächeln und dem unechten Erstaunen im Blick.

Sie ging zu Boris, direkt auf Boris zu, ohne sich umzusehen, um niemanden grüßen zu müssen und so schnell wie möglich nach Hause ins Bett zu kommen. Kalt war es in diesem Theater, jetzt bemerkte sie es und hielt es nicht mehr aus. Irgendwas in ihr war zerbrochen, der Schwung, die Sorglosigkeit, die ihr halfen, gewisse Abende zu ertragen, hinter die aufgesetzten Masken des Glücks zu sehen, die Suche nach Anerkennung in den Blicken der anderen, eine versteckte Panik wahrzunehmen.

BORIS SASS IM TAXI und hatte den Arm beschützend und zärtlich um Claras Schultern gelegt. Er spürte, wie gereizt sie war.

»Mach dir keine Sorgen um mich, ich bin sicher, dass alles gut geht.«

Sie ließ ein kurzes, nervöses Lachen hören und verzog das Gesicht.

»Clara! Das ist nicht meine erste Rolle, ich lasse mich nicht so manipulieren wie dieses Mädchen … Wie hieß sie gleich … Marianne …«

»France, sie heißt France Meynard. Wenn ich mir überlege, dass Charles Martin eingewilligt hat, Arnolphe mit falschem Bart und Turban zu spielen! Ich habe mich gar nicht getraut, ihn zu begrüßen … ich war … dieser Abend war eine Falle … Wir saßen alle in der Falle. Arbeite nicht mit diesem Kerl, du machst dich unglücklich.«

»Seit fünfzehn Jahren träume ich davon, den Don Juan zu spielen, das weißt du doch.«

»Und du, wusstest du, dass er das Stück nach Afghanistan verlegt hat?«

»Nein. Und es ist mir völlig egal. Warum willst du heute Nacht nicht bei mir schlafen?«

»Ich habe meine Tage. Ich bin müde.«

»Sie haben den Sauternes geliefert, ich habe auf dich gewartet, um ihn zu probieren.«

»Ich bin morgen sehr früh mit Emmanuel verabredet, und ich möchte gern allein sein. Agnès im Tschador! Erwartet dieser Schwachkopf vielleicht, dass die Leute in der *Banlieue* darüber diskutieren?«

»Und wenn ich zu dir komme?«

Sie antwortete nicht. Sie sah auf die Lichter von Paris, die ihr die Stadt so vertraut machten, zum Anfassen nah. So viele Menschen, schlafend in der großen Stadt, so viele Träume gleichzeitig, grenzenlose Wünsche und verrückte Bilder, geboren in den Köpfen einer unendlichen Zahl von Schläfern, während Paris mit seinen Lichtern immer wach blieb.

»Sei nicht traurig ...«

Es quälte ihn, dass er so wenig für sie tat. Es quälte ihn, dass er unfähig war, sie zu beruhigen, dass ihm diese Macht fehlte. Ihre plötzlichen Anfälle von Melancholie, ihre panische Angst vor dem Wahnsinn (von der er weder Ursprung noch tatsächliches Ausmaß kannte) waren Rätsel, die er eigentlich nicht lösen wollte, und auch das quälte ihn. Ein bisschen.

»Ich liebe dich«, sagte er und streichelte ihren Nacken.

»Nicht doch, Boris, du doch nicht!«

Um Liebe ging es nicht, das hatten sie von Anfang an gewusst. Sie hielten einander fest. Sie liebten sich nicht.

Manchmal vereinfachte es das Leben. Sie sprachen nicht über die Zukunft. Sie versprachen sich nichts.

»Ich habe Lust, mit dir zu schlafen«, flüsterte er, wohl wissend, dass der Taxifahrer ihnen aufmerksam zuhörte. Um nicht antworten zu müssen, drückte sie seine Hand. Sie war so zart. Er hatte Lust auf sie, ob sie ihre Tage hatte oder nicht, das war ihm egal, wann würde sie das endlich einsehen?

»Da! Hast du ihn gesehen?«

Er zog seine Hand zurück.

»Warum siehst du sie nie?«

»Weil das auch nichts ändert, Clara, ob man sie sieht oder nicht.«

»Sprich nicht so, das ist ekelhaft. Die Karikatur des egoistischen, unerträglichen Schauspielers! Bald wirst du mir noch erklären, dass du diese Leute unter ihren Pappkartons nicht siehst, weil du dich schützen musst, um spielen zu können.«

»Aber das stimmt. Das stimmt genau. Es ist erstaunlich, wie gut du mich kennst.«

Wie eilig Clara es hatte, allein zu sein! Nicht mehr zu sprechen, nicht mehr angesehen, begehrt, umworben zu werden. Schlafen. Ganz einfach. Aber er starrte sie an, und sie lächelte, es lag so etwas Jungenhaftes in seiner Erwartung.

»Ich bin ganz zufrieden, dass du heute Nacht allein bleibst, wie ein alter Junggeselle. Die Krönung wäre, wenn du vor einem schlechten Porno einschläfst.«

»Soll ich Sie hier absetzen?«, fragte der Fahrer.

Sie hielten in der Rue Losserand, wo Clara wohnte. Boris warf ihr einen fragenden Blick zu, der kaum seine Enttäuschung verbarg.

»Ich rufe dich morgen an.«

»Beeil dich, sonst verpasse ich den Anfang vom Film…«

Sanft, geradezu bedächtig nahm sie Boris' Kopf zwischen die Hände und legte die Lippen auf seinen Mund. Ihre Zunge bewegte sich kaum, sie war zart und warm, sie liebkoste Boris' Mund, der nach Zigarette und Wein schmeckte, ein beruhigender Geschmack. Es kam ihm vor, als übertrage sie ihm etwas von ihrer Traurigkeit und ihrem Lebensschmerz. Sie löste sich von ihm und streichelte sein Gesicht, wie sie es immer als Gute-Nacht-Gruß tat.

»Schlaf schön«, raunte sie, und als die Autotür zuschlug, kam es Boris ungewöhnlich heftig vor.

»Jetzt in die Rue Blanche?«, fragte der Taxifahrer.

»Ja, Rue Blanche.«

»Haben Sie eine Lieblingsstrecke?«

»Nein. Ich habe keine Lieblingsstrecke.« In dem Moment bemerkte er einen Mann, der zusammengekrümmt in einer Telefonzelle schlief – vielleicht war es auch eine Frau. Er ärgerte sich sofort über Clara. Manchmal träumte er davon, ein sorgloses, fröhliches Mädchen zu treffen, natürlich weniger schön als Clara, ohne diese grausame Schönheit, diese Festung, hinter der sie sich verbarrikadiert hatte.

ES WAR ZU WARM IM AUTO. Elisabeth zog den Mantel aus und dann die neuen Schuhe, die ihr den ganzen Abend wehgetan hatten.

»Vier Vorhänge, das ist nicht schlecht«, sagte sie, während sie sich kräftig die Zehen massierte.

»Von wegen, da waren mehr Claqueure als bei einer Kundgebung.«

Pascal war in mörderischer Stimmung, wie nach jeder Premiere. Während die Darsteller spielten, fühlte er sich verraten, kaltgestellt, er musste sich Gewalt antun, um nicht auf die Bühne zu springen und ihr Spiel zu korrigieren. Elisabeth war an diese Abende ebenso gewöhnt wie daran, ihn zu beruhigen, aber diesmal war es anders. Die Aufführung war wirklich nicht gut gewesen. France Meynard war affektiert, und der Tschador hatte die Lächerlichkeit ihres Auftritts noch verstärkt. Warum hatte er dieses Mädchen engagiert, das Dummheit mit Frische und Albernheit mit Naivität verwechselte?

»Die Kleine …«, setzte sie vorsichtig an.

»Welche Kleine?«

Ein Gespräch war unmöglich. Offensichtlich war Pascal sein Scheitern bewusst, sie ließ das Gewitter wohl besser vorbeiziehen.

Auf dem *Périphérique*, dem Pariser Autobahnring, wurde gebaut, die Autos fuhren nur zweispurig, langsam und stockend, gefangen in einer langen Kette roter Scheinwerfer, wie sie nur auf Fotos schön aussieht.

»Woher kommen diese Idioten denn alle?« Pascal trommelte nervös auf das Lenkrad. »Sag mir nicht, dass sie aus dem Theater kommen, das wäre zu schön.«

Elisabeth sah hinaus. Mindestens sechs junge Nordafrikaner drängten sich auf der Nebenspur in einem winzigen Auto. Sie hörten natürlich laute Musik, einige schlugen den Takt, andere grölten laut mit ... Sie schienen sich zu amüsieren ...

»Ich habe gesehen, dass du mit Boris Angelli gesprochen hast.«

»Hm.«

Sie hatte keine Lust mehr, sich anzustrengen. Mit ihren Schuhen hatte sie auch diesen Abend abgestreift. Sie war liebenswürdig und zugänglich gewesen, sie hatte Komplimente und gespielte Vertraulichkeiten verteilt, sie hatte sich mit professionellem Interesse die Beschwerden des Verwaltungsdirektors über das Werbebudget angehört, jetzt ließ sie alles fallen.

»Was hat Angelli gesagt?«

»Es hat ihm gefallen.«

»Nein, sonst hätte er auch mit mir gesprochen. Was hat er genau gesagt?«

Die Nordafrikaner interessierten sich für Elisabeth,

sie lachten und machten ihr Zeichen, sie solle umsteigen.

»Er hat gesagt, dass es ihm gefallen hat ... doch ... dass er es nicht erwarten kann, *Don Juan* zu spielen ... und dann ist er bald gegangen, das hast du ja gesehen, kaum hatte mich der Verwaltungsdirektor beiseite genommen, war er plötzlich verschwunden.«

Sie sah die endlose Autoschlange, lauter eingesperrte Schlafwandler, für die der Abend in einem Alptraum endete, und die düsteren Häuser am Straßenrand, sie fragte sich, wie viele Kinder von dem Lärm geweckt wurden, wie viele Kinder neben diesem Stau lebten, wie lange man das aushalten konnte, aufwachsen und den *Périphérique* einatmen.

»Diese Arschlöcher könnten die Arbeiten doch im Sommer erledigen. Und der Kerl da versucht auch noch, mich zu überholen!« Pascal hupte, wie man jemandem eine Ohrfeige verpasst, kurz, mit zusammengebissenen Zähnen.

Elisabeth machte das Radio an. Ein Unbekannter vertraute sich Macha Béranger an. Macha erkannte ihn wieder, er hatte vor drei Jahren schon einmal angerufen, sie erinnerte sich genau an ihn, seine Verlobte hatte ihn verlassen, nachdem er seinen Job verloren hatte. Ja, ja, so war es, zwar hatte er jetzt wieder Arbeit, er war Nachtwächter in *La Défense*, aber allein war er immer noch, deshalb rief er Macha an, und Macha sagte: »Das wird schon, Patrick«, und gleich glaubte er es, dann legte Macha eine Platte auf, Nat King Cole, das war perfekt für die Nacht. Wer kannte die Nacht besser als Nat King Cole? Woher wusste er, dass man diese Sanftheit und Zärtlichkeit brauchte, diese langsamen Melodien, die er mit einem leisen Lächeln zu singen schien? Elisabeth schloss die Augen, die Musik nahm den ganzen Raum ein, verjagte die Hochhäuser, die Autos, verjagte Pascals schlechte Laune und die erstickende Hitze, die Musik war eine frische Hand auf ihrer Stirn, aber plötzlich machte sie das Radio aus, Nat King Cole erstarb ganz abrupt, sie suchte in ihrer Tasche nach dem Handy, sie musste Marion Bescheid sagen, dass sie später kommen würden als angekündigt, dass sie im Stau steckten. Die Babysitterin war eingeschlafen, das Telefon weckte sie. So was Blödes!, dachte Elisabeth. Ich mache immer genau das Falsche …

»Fandest du den Beifall herzlich oder höflich? Aber das ist nun mal eine Inszenierung, die einen nicht kalt lässt, da wird es keine einheitliche Meinung geben. Endlich! Jetzt sind es wieder drei Spuren. Das ist eine Inszenierung, die Polemiken auslösen wird. Endlich ist dieser verdammte Stau vorbei. Ach so, das wollte ich dir schon die ganze Zeit sagen: Ich finde, du hast heute Abend sehr gut ausgesehen.«

Es war vier Uhr morgens. Elisabeth war aufgewacht. Sie genoss es, dass alle drei schliefen, Pascal und die Mädchen, es war gut so, wie eine Belohnung. Die Stille der Wohnung, das Halbdunkel in den Zimmern, die Nähe der entspannten Körper, das war so besänftigend. Sie hörte ihre Liebsten leben, sie waren beisammen, unter einem Dach, alles andere würde vorbeigehen: die Begeisterung eines Abends, das Lampenfieber einer Premiere, das Wiedersehen mit den Freunden, das alles würde verschwinden, und im Alter würde sie sich nur daran erinnern: an den Schlaf der liebsten Menschen um sie herum.

Sie wusste, dass diese Nacht etwas Besonderes war. In ein paar Jahren würden ihre Töchter abends ausgehen, und dann würde sie tun, was früher auch ihre Mutter getan hatte: Sie würde lauern. Auf das Geräusch der Autos auf der Straße, das Klappern der Absätze oder den Klang von Stimmen, und ohne es zu wollen würde sie Angst haben und erst beruhigt sein, wenn sich die Tür vor ihren Kindern öffnete, sich öffnete und schloss, und sie endlich vereint wären. In dieser Nacht waren die Mädchen fünf und sieben Jahre alt. In dieser Nacht war Elisabeth froh. Mehr sollte man nicht riskieren.

Sie stand auf. Sie hatte plötzlich Lust, die drei Schlafenden zu berühren, sie ganz fest zu umarmen. Besorgte Liebe ist die schlimmste, die es gibt, sie wusste es. Sie kniete sich neben Pascal und sah ihn schlafen. War es selbstverständlich, diesen Mann zu lieben? War er liebenswert?

»Pascal...«

Sie schüttelte ihn sanft an der Schulter. Er drehte sich weg und zog die Decke mit sich. Sie sah nur noch seinen Rücken. Er hatte sich weggedreht, weil sie ihn angesprochen hatte. Er hätte es nicht getan, wenn sie seinen Penis in den Mund genommen hätte. Wenn sie ihm einen geblasen hätte, hätte er nicht so nein gesagt, wie er nein zu ihr sagte. Vielleicht muss man einen blasen, nachdem man einen ganzen Abend lang gut ausgesehen hat – die angenehme Frau des unangenehmen Regisseurs, vielleicht war dies das Ziel des Kompliments.

Sie legte sich wieder hin, berührte mit der Hand den Penis des schlafenden Mannes. Er war verschrumpelt und kalt. Eine Beleidigung. Sie legte sich auf den Rücken, einen Arm über dem Gesicht, den andern unter dem Kopf. Sie dachte an Boris Angelli, an seine Freundin Clara Mercier, die sicher jeden Abend gut aussah, also warum es ihr sagen – und der Code für die Fellatio lautete: »Du hast heute Abend ganz besonders gut ausgesehen.« Nein. So war es bestimmt nicht. Es war nicht das, was diese Frau erwartete. Es war nicht das, was Boris zu ihr sagte.

Auf der Straße ging eine Alarmanlage an. Wieder ein Auto, das durch die Nacht jaulen würde, immer dasselbe, jeden zweiten Abend, und nie kam der Eigentümer herunter, um den Alarm abzustellen, was für ein widerlicher Kerl, so ein Idiot! Sie stellte sich sein Auto vor, Duftbaum, riesige Lautsprecherboxen und Aufkleber vom Center Park.

Na prima, dachte Elisabeth, sexuelle Frustration, auf das Auto des Nachbarn übertragene Wut. Banal. Erbärmlich. Ein Elend.

»Pascal ...«

Sie machte das Licht an und setzte sich auf. Pascal öffnete die Augen, einen Spalt weit, von weither, ein kleiner, misstrauischer Blick auf die Frau, die ihn mit besorgter Entschlossenheit anstarrte.

»Es ist misslungen. Die Inszenierung ist misslungen, das wird ein Reinfall.«

Seine Augen weiteten sich, er konnte es nicht fassen. Sie auch nicht mehr. Die Wahrheit war ungewollt herausgeplatzt, und Pascal sah sie an wie etwas Ungehöriges, eine Fremde in seinem Bett. Jetzt, da sie einmal losgelegt hatte, konnte sie nicht mehr zurück. Wenn er ihr eben nicht den Rücken zugedreht hätte, wäre er in ihrem Mund gekommen, und sie wären zufrieden gewesen. Aber er hatte ihr den Rücken zugedreht, und die Alarmanlage des Nachbarn hatte geheult.

»Deine Inszenierung ist opportunistisch, ohne Überzeugung und ohne Charme.«

Er sah seine Frau an. Er sah sie an und fand sie eifersüchtig. Blass, mit Ringen um die Augen und eifersüchtig.

»Schlaf, du siehst unmöglich aus.«

Und einmal noch drehte er ihr den Rücken zu. Er konnte sich so schnell von ihr abwenden. So schnell wieder einschlafen ... Aber sie wusste, dass er am nächsten Morgen wütend auf sie sein würde.

Plötzlich verstummte die Alarmanlage.

Sie machte das Licht aus.

Sie waren alle vier zusammen, eine Familie in der Nacht, aber ihre Ruhe war verdächtig, ihr Schlaf barg Lügen.

Sie schloss die Augen.

»MONSIEUR MACHT MIR SORGEN. Nein, er macht mir wirklich Sorgen, weißt du … Dass er eine Mahlzeit auslässt, na gut, in seinem Alter … Aber dass er nicht mal mehr neugierig ist, was ich ihm mache … Was sagst du dazu? Was hältst du davon, Maurice?«

Boris hielt es nicht aus. Hielt es nicht aus in dieser kleinen Zweizimmerwohnung an der Place Clichy, mit dieser alten, besorgten Dame, die ihm gefülltes Gemüse gemacht hatte und sich unnötig um ihren Freund sorgte. Irène. Seine Großmutter. Seine unwandelbare Großmutter. Sie veränderte sich nicht. Er hatte sie immer nur alt gekannt. Schon als kleiner Junge fand er sie alt. In seinen Augen war sie immer nur älter geworden, vorsätzlich, Tag für Tag, Jahr für Jahr, es war ein Fass ohne Boden, und Boris fragte sich, wie weit man mit dem Alter gehen konnte, ohne sich zu verraten. Denn trotz der Zeit, die sie deutlicher zeichnete als die anderen, blieb sie immer sie selbst: fröhlich und besorgt. Mal fröhlich, mal besorgt. Am überraschendsten war, dass ihre gute Laune den schwierigsten Situationen standgehalten hatte und dass ihre Besorgnis immer nur Lappalien betraf.

Er hockte sich neben den Sessel von Monsieur, der ihn trübselig ansah und den großen Kopf erschöpft aufs Kissen zurückfallen ließ.

»Hast du den Tierarzt angerufen?«

»Ich habe auf dich gewartet. Ich möchte lieber, dass du mit ihm sprichst … Wie findest du ihn?«

»Wie immer, Großmama: fett und arrogant.«

Irène nahm Monsieur auf den Arm und setzte sich auf den Sessel, der warm war vom Körper des Tieres. Er stieß einen kurzen, klagenden Laut aus, und sie streichelte ihn sanft, mit ihrer knochigen Hand, ihren abgenutzten Fingern, streichelte ihn langsam, voller Respekt.

»Maurice … ich sag's dir, ich überlebe ihn nicht …«

Die ewige Litanei. Wenn Irène über ihren Kater klagte, kam es ihm immer so vor, als wollte sie gern über sich selbst sprechen, was ihr aber nicht gelang, weil sie es nicht konnte, weil sie es nie gelernt hatte, und Monsieur trug ihre Besorgnis mit trägem, blasiertem Phlegma. Boris nahm die Flasche vom gedeckten Tisch und füllte ihre Gläser, vielleicht würde der Wein Irène helfen, sich zu entspannen.

Sie tranken schweigend. Boris sah sie an. Es gab jetzt so viel an ihr, das er nicht mehr ertrug. Und er ärgerte sich über sich selbst. Er hätte gern alles an ihr geliebt, weil er ihr alles verdankte, seine Kindheit und seine Jugend, aber lächerliche Kleinigkeiten, Marotten, fixe Ideen, ja, kleine Stacheln in ihrer Liebe ärgerten ihn, und er musste sich oft, immer öfter, zwingen, sie zu besuchen. Sie waren fast Nachbarn. Er hatte sich eine Wohnung wenige Schritte von ihr entfernt in der Rue Blanche gekauft, um leichter erreichbar zu sein, unbewusst aber auch, um in dem Viertel zu bleiben, in dem er aufgewachsen war. Sie lächelte ihn an. Sie kannte das: die Ungeduld, die das Alter in den anderen weckt, oft fragte sie sogar: Ich gehe dir auf die Nerven, was? Und das amüsierte sie, denn sie konnte nichts dafür. Sie fand sich damit ab, wie sie sich immer mit allem abgefunden hatte, mit der Fabrik, der Witwenschaft, dem Tod ihrer Tochter, der Erziehung von Maurice ... denn für sie, nichts zu machen, hieß er Maurice, Maurice Pichon, Sohn von Marguerite Pichon, ihrer Tochter, Näherin, vom 38er Bus an der Place du Châtelet überfahren, als Maurice drei Jahre alt war, und von Marius Monier, Varietésänger, Künstlername Henry Ancord, kurz vor der Geburt des Sohnes im Nichts verschollen. Es störte Boris nicht, dass sie ihn immer mit diesem hässlichen Namen ansprach, den man in seinem Alter und seinem Beruf unmöglich tragen konnte, mit diesem Vornamen, der Hommage seiner Mutter an Maurice Chevalier, den ihr Liebhaber jeden Abend nachzuahmen versuchte.

Boris-Maurice war umgeben von Toten und Verschwundenen, er war mit ihnen aufgewachsen. Lange hatte er geträumt, wenn er sich das Foto seines Vaters ansah, das lächelnde Foto, auf dem er auf einem Bein balancierend das Publikum grüßte, seinen Strohhut in der

Hand, bereit zum Abgang von der Bühne (und er hatte sie endgültig verlassen, aber wo war er heute?). Lange hatte er den Anzug von Henry Ancord gestreichelt, den seine Mutter selbst genäht hatte, so viel Liebe in den Pailletten auf der Hosennaht, so viel Bewunderung für das, was glänzt, ein Glanz so fern der Fabrik – die Fabrik war etwas für Marguerites Eltern, nicht für sie, ihr hatte man ja auch einen Blumennamen gegeben, also …

Ja, Boris-Maurice war umgeben von Toten und Verschwundenen, und deshalb hatte er beschlossen, sich Angelli zu nennen, um sie immer da zu haben, auf seinen Schultern, nicht weil er sie geliebt hatte, denn er hatte kaum Zeit gehabt, sie kennen zu lernen, aber er trug sie in sich, trug, was er von ihnen wusste, und auch, was er nicht wusste, und ebenso, was er sich ausspann, und manchmal dachte er, dass sie vielmehr ihn trugen, seine niederen Engel, seine kleinen Leute.

»Der Wein macht dich ganz nachdenklich …«

»Er ist gut.«

»Ich habe *Don Juan* angefangen.«

Er hatte überhaupt keine Lust, über *Don Juan* zu sprechen, nicht jetzt, nicht hier, nicht mit ihr.

»Ist diese Figur nicht zu düster? Wann spielst du mal jemand Nettes, du hast schon lange keine nette Rolle mehr gehabt. Ich weiß. Du magst es nicht, wenn ich das sage, na gut, gibt mir das Buch, da, hinter dir … auf dem Regal … pass auf, ich habe es aus der Bibliothek.«

Noch so eine Macke, die er nicht mehr ertrug, diese lächerliche Sparsamkeit. *Don Juan* als Taschenbuch, was kostete das wohl? Vier Euro? Fünf? Die Librairie de Paris war gleich gegenüber, warum hatte sie sich das Buch nicht gekauft? Sie hatte ihre Rente, die Wohnung gehörte ihr, und Boris gab ihr regelmäßig Geld, was ebenso regelmäßig Diskussionen auslöste, aber wirklich! diese Eigenart von ihr, immer alles auszurechnen, als wären sie noch im Krieg, als sei das Geld so ungeheuer wichtig! Er rechnete nicht. Immer schon hatte er Irène rechnen und voller Angst die Post aufmachen sehen: Krankenversicherung, Beiträge, Rechnungen! Seine ganze Kindheit hindurch hatte er sie von Rechnungen reden hören. Sie wurden studiert, abgeheftet, pünktlich bezahlt, und man gab sich Mühe beim Ausfüllen des Schecks, als wäre ein schlecht geschriebener Scheck weniger wert. Boris und seine Freunde klagten nie über Rechnungen, sie jammerten über die Steuern, aber von Steuern hatte er Irène niemals reden hören.

Widerwillig reichte er ihr das Pappbändchen, sie öffnete es andächtig, setzte die Brille auf und blätterte vorsichtig ein paar Seiten um. Boris' Bein zuckte nervös, es schlug den Takt, den Takt seiner Langeweile, er sah verstohlen auf die Uhr … Sie sah ihn triumphierend an, dann las sie langsam vor: »Die Furcht in mir ersetzt den Eifer«, und schwieg, um ihm befriedigt in die Augen zu sehen. Er verstand nicht, worauf sie hinauswollte, aber sie wirkte plötzlich jünger mit ihrer verschmitzten Miene. Sie wiederholte, diesmal ohne ins Buch sehen zu müssen:

»Die Furcht in mir ersetzt den Eifer.«

»Ja, das ist schön …«

»Darum geht es nicht! Du begreifst es nicht: Genau das war das Problem bei Citroën, das Problem von allen, denen vor der Direktion und sogar vor den Vorarbeitern die Muffe ging, genau das hinderte sie am Streiken und machte sie zu Maschinen hinter ihren Maschinen: Schiss hatten sie, Maurice, Schiss!«

Kleine Alte. Die ihn umgarnt hatte. Mit ihrem gefüllten Gemüse und dem kranken Kater. Mit ihren Sorgen, ihrem banalen Alltag und der aufrechten, lebendigen Auflehnung in sich, die mit dem Abschied von der Fabrik, der Rente und dem kleinen, gewöhnlichen Leben an der Place Clichy nicht erloschen war, der Auflehnung, die sie für immer zu einer bemerkenswerten Frau machte.

»Wollen wir jetzt essen?«

Er stand auf, reichte ihr die Hand, wie einer Dame von Welt, also gab sie ihm ihre, ihre abgenutzte Hand, erhob sich und vergaß dabei Monsieur, der sich in die andere Zimmerecke verkroch.

»Es geht ihm besser …«, sagte sie.

Dann setzten sie sich zu Tisch.

Es war nicht das, was man einen schlechten Tag nennt. Es war schlimmer als das. Es war ein Tag, der nicht vergehen, der Spuren hinterlassen würde, Ängste, die in anderen Momenten wieder auftauchen würden, in der Schlaflosigkeit, bei Gesprächen, Clara wusste es. Für sie war alles Zeichen, war alles verbunden, die Menschen, die Dinge, die Daten und die Orte, alles hielt zusammen, und weil sie zusammenhielten, wurden die Zeichen manchmal zu Fesseln, und sie hatte das Gefühl, an eine Wand gepresst zu werden. Wenn das passierte, rief sie Boris an. Er ging immer ans Telefon, und sie fragte sich, wie lange er noch für sie da sein würde, denn sie wusste, dass sie an dem Tag, da er eine Frau wirklich lieben würde, das Feld räumen musste. Dieses Gefühl von Vergänglichkeit verlieh ihrer Beziehung ein seltsames Gewicht. Seit fünf Jahren waren sie ein Paar, seit fünf Jahren schwankten sie zwischen dem Gefühl von Freiheit und Furcht.

Um sie ihren verpatzten Tag vergessen zu lassen, schlug ihr Boris vor, nach L'Aigle zu fahren. Sie arbeitete erst am nächsten Abend, sie könnten also am Nachmittag zurückfahren. Das Haus werde kalt sein, sagte sie, sie waren seit einem Monat nicht dort gewesen, es werde nichts zu essen da sein und sie habe keine Lust, dort ins Restaurant zu gehen. Sie war gewollt schlechter Laune, damit er alles in die Hand nahm, sich Mühe gab, sich für sie Mühe gab. Zwei Stunden später saß sie neben ihm im Auto, er war beim Fleischer und beim Weinhändler gewesen, hatte Kaffee und Zigaretten gekauft, er hatte an alles gedacht, und in der Wärme und Intimität des Autos, in diesem schützenden Gehäuse, das leise auf das kleine Haus in der Normandie zurollte, erzählte sie.

Emmanuel hatte die Verabredung abgesagt. Zum ersten Mal seit einem Jahr wollte er sie nicht sehen. Sie war beinah fertig mit ihrer Arbeit, würde er sich im letzten Moment entziehen? Boris fiel es schwer, ihr etwas zu Emmanuel zu sagen, Boris fiel es schwer, sein Misstrauen gegen diesen alten Herrn zu verbergen, das Gefühl der Ablehnung, das dieser in ihm weckte. Clara wusste es, aber sie wollte ihm Emmanuel aufzwingen, ebenso, wie sie ihn der ganzen Welt offenbaren wollte.

»Lass ihn in Frieden sterben, Clara.«

»Frieden wird er erst finden, wenn er Zeugnis abgelegt hat.«

»Aber andere haben doch vor ihm Zeugnis abgelegt, und du hast alles gelesen, oder?«

»Aber ich bin keinem von ihnen nahe gekommen. Ich bin keinem einzigen als Mensch nahe gekommen.«

»Ihre Menschlichkeit ist in ihren Büchern. Du näherst

dich nicht Emmanuel als Mensch, nur weil du ihn jeden Mittwoch in Hausmantel und Filzlatschen siehst.«

»Darf ich dich daran erinnern, dass ich seit sechs Monaten seine Archive sortiere?«

»Und weiter? Weiß er noch, was in diesen alten Papieren steht? Ja? Ist er überhaupt imstande, dir davon zu erzählen?«

»Eben weil er nicht imstande ist zu erzählen, hat er geschrieben, das habe ich dir schon hundertmal erklärt, machst du das eigentlich mit Absicht?«

»Ich frage mich nur, ob der gute Mann nicht senil ist.«

»Ich habe dir gesagt, dass er schamhaft ist! Schamhaft und mürrisch. Du nervst mich, weißt du das? Scheiße, dieses Misstrauen immer.«

Sie sprachen nicht mehr miteinander. Jeder grübelte in seiner Ecke, wandte sich in Gedanken an den anderen, stellte Fragen und gab Antworten, regte sich unnötig auf. Draußen war es dunkel. Die Nationalstraße war nicht beleuchtet, aber sie kannten die Strecke auswendig, kannten die Entfernung von einem Dorf zum nächsten, von einer Kreuzung zur nächsten, es war ein Weg voller Bezugspunkte und Erinnerungen.

»Warum hat er denn die Verabredung abgesagt?«

Mit dieser Frage gab sich Boris Mühe, Clara wusste es, aber es interessierte ihn nicht. Sie wünschte sich so sehr, dass er sie verstand. Und nicht nur freundlich war.

»Das ist nicht so wichtig …«

»Sehr wohl ist es das. Wer weiß, ob er nicht jetzt, wo das Archiv sortiert ist, direkt mit einem Verlag verhandelt.«

»Genial! Daran hatte ich gar nicht gedacht.«

»Gut so, jetzt hast du noch eine Sorge mehr, das hat dir noch gefehlt, oder?«

»Hast du Whisky mitgenommen?«

Sie wühlte in den Beuteln von *Nicolas* und fand einen zwölf Jahre alten Whisky. Sie tranken abwechselnd, anstatt zu reden, und bald blieb nur noch die Nacht und ihre Stille, die Baumstämme, die am Straßenrand auftauchten, vorbeizogen, verschwanden, wie Grenzsteine, wie heftig umgeblätterte Buchseiten.

Überall lagen Essensreste herum, auf dem Teppich, auf der Anrichte, dem Kaminsims, und Clara gefiel diese Unordnung, sie war beruhigend, sie bewohnte das Haus. Die Kerzen waren heruntergebrannt, Clara lag zusammengekuschelt auf der Couch, den Kopf auf Boris' Knien, sie starrte ins Kaminfeuer, den Blick in die Ferne gerichtet, als sähe sie, was hinter den Flammen geschah, als habe sie es erraten.

»Eines Tages wirst du mich verlassen.«

»Warum?«

»Du wirst dich verlieben.«

Er streichelte ihr Haar, ihr schwarzes, glänzendes Haar, massierte langsam ihren Nacken, presste die Fingerkuppen gegen ihren Schädel.

»Übrigens möchte Irène gern wissen, was für ein Shampoo du benutzt.«

Sie richtete sich auf.

»Was erzählst du da?«

»Sie hat mich nach der Marke deines Shampoos gefragt. Und nach deinem Parfum. Sie wollte nicht glauben, dass ich den Namen deines Parfums nicht kenne, sie hat mich als Rüpel beschimpft, ›Rüpel‹ ist nett.«

»Aber was soll das jetzt? Was erzählst du da?«

Sie stand auf, legte einen Scheit ins Feuer, schlug mit dem Haken auf die Glut, um Funken aufsteigen zu lassen, wie einst als Kind, als sie sich vorstellte, ihren Vater zu schlagen: die regelmäßige Bewegung, die Inbrunst dämpften für eine Weile ihre Angst, ohne sie völlig zu beruhigen, und immer noch fühlte sie sich von ihm besessen, verfolgt … Boris sagte etwas, und das störte ihre Erinnerungen, die schon verblassten, aber immer noch hässlichen Bilder, das bittere Gefühl der verfehlten Abstammung, Boris redete immer heftiger.

»Ich habe dir eine Frage gestellt!«

Seine Stimme war laut, feindselig. Clara drehte sich hastig um.

»Ich benutze Babyshampoo, nur Babyshampoo, und das Parfum ist eine Zubereitung für mich von Fragonard in Grasse!«

Er sah sie verächtlich an.

»Wie? Was habe ich eben gesagt?«

Sie mochte es nicht, wenn er diese Augen hatte, diese Augen, die sie klein machten, und diesen Mund, der ›Vergiss es‹ sagte, als sei jede Erklärung vergeblich, war es denn so schlimm, dass sie diese verdammte Frage nicht gehört hatte? Sein Gesicht hatte sich verschlossen, er war wütend, und sie wusste nicht, weshalb. Plötzlich war sie angewidert vom Wein, den Kerzen, dem Feuer, dieser gewollten Romantik. Und er ging hoch ins Schlafzimmer, wortlos, seine Hand umklammerte das Geländer wie die eines Kranken.

»Boris! Boris!«

Der Name hallte durch das unaufgeräumte Haus, prallte gegen die Balken, die Mauern, Clara rannte nach oben, schnell, als würde sie Boris daran hindern, sie zu verlassen, wenn sie ihn am Einschlafen hinderte.

Aber er schlief nicht. Er stand unter der Dusche, sehr aufrecht, die Arme am Körper, die Augen halb geschlossen, wie hingegeben unter dem warmen Wasser, und das Bad war voller Dampf. Sie ging unter die Dusche, presste sich heftig an ihn, er nahm sie in die Arme, und sein Penis wurde sofort steif. Er hatte Mühe, sie auszuziehen, ihre Kleidung saugte sich mit Wasser voll, und sie lachten, ein müdes, enttäuschtes Lachen, er drückte sie gegen die Kacheln, sie schrie auf, weil es kalt war, weil sie am Ende war, er legte seinen Mund auf ihren, seinen Mund voller Wasser, der trotzdem nach Wein schmeckte, sie klammerte sich an ihn, um sich festzuhalten und um ihm wehzutun, er hob sie hoch, denn sie war klein, kleiner als er, aber glücklicherweise so zart, und drang erleichtert in sie ein. Sie dachte an die Lust. Nur an die Lust, an jenen unerträglichen Augenblick der Erfüllung, der sie zwischen Verzicht, Zorn und Erlösung hin und her schleudern und leer, verloren zurücklassen würde. Fern von allem. Endlich.

Elisabeth war mit den Mädchen in den Batignollespark gegangen. Sie hatte sich auf eine Bank gesetzt, während die Kinder auf Rollschuhen um die Wette fuhren.

Die Novembersonne schien schüchtern, Elisabeth streckte ihr das Gesicht entgegen, aber die Strahlen waren kalt, wärmten nicht. Sie zündete sich eine Zigarette an. Die alte Frau auf der Bank gegenüber warf ihr einen missbilligenden Blick zu. Immer mehr Menschen lehnten Raucher ab, als könnten sie sich mit dieser Verurteilung von schlimmeren Verfehlungen freimachen. Diese Harpyie mit ihrer empörten Miene schlug vielleicht ihren Hund oder wählte rechtsextrem oder auch beides. Elisabeth blies langsam, mit demonstrativem Genuss den Rauch aus, die Alte verschwand, nachdem sie, aus der Mimik ihres kleinen, verrunzelten Gesichts zu schließen, etwas Unfreundliches vor sich hin gebrabbelt hatte. Ich hasse die Alten, dachte Elisabeth, aber wenn ich nicht arbeite, hasse ich sowieso alle … Wenn mir mein Agent nur ein tolles Projekt ankündigen würde, jetzt, sofort, eine unverhoffte Rolle, den Wendepunkt meiner Karriere … Wenn er mich nur anrufen würde!

Camille und Elodie rollten rufend an ihr vorbei, sie winkte ihnen zu, jetzt spielten sie schon über eine halbe

Stunde, ohne sich zu streiten, ein Wunder … erst eine halbe Stunde? Elisabeth konnte es kaum fassen: Sie saß erst eine halbe Stunde auf dieser Bank? Mein Gott, dachte sie, wie machen es die Mütter, die einen ganzen Nachmittag durchhalten? Wie entschädigen sie sich für diese toten Stunden, unterbrochen von Aufmunterungen, entzückten Rufen, kleinen Snacks mit viel Vitaminen? Woran klammern sie sich, um nicht ihre Abscheu über den Park, die Bank, diesen wöchentlichen Pflichtnachmittag herauszuschreien? Woher kommt ihre Ruhe, die Unterwerfung unter die zugewiesene Rolle, diese unbeirrbare Friedfertigkeit? Elisabeth fühlte sich vollkommen ausgeschlossen. Sie war nicht verfügbar genug. Nie im richtigen Moment am richtigen Ort.

Das Telefon klingelte. Sie sprang auf, bereit, die fantastische Nachricht zu empfangen … im Display stand nicht die Nummer ihres Agenten, sondern die von Pascal, sie setzte ihre begeisterte Stimme auf, um zu antworten, die Stimme der zufriedenen Mutter, die Stimme der heiteren Ehefrau, er unterbrach sie, und nachdem er ihr gesagt hatte, dass er später als geplant kommen werde, legte er auf. Sie schaltete das Handy aus. Sie wollte es nicht mehr klingeln hören. Niemand hatte ihr etwas Unerhörtes mitzuteilen, alle hafteten am Boden und fanden das normal, jeder begnügte sich mit dem Minimalservice … Auf einem weiter entfernten Parkweg sprachen die Mädchen mit einer Unbekannten. Elisabeth stand auf, um besser zu sehen. Sie war sicher, dass alles in Ordnung war. Aber sie guckte trotzdem. Aus Reflex. Aus Pflicht. Sie hatte ihren Töchtern verboten, mit Unbekannten zu sprechen, über die Straße zu gehen, wenn das rote Ampelmännchen zu sehen war, sich aus dem Fenster zu lehnen, sie hatte ihren Töchtern verboten zu sterben – während sie sich zugleich an ihrem Lebenshunger und ihrer Unbekümmertheit begeisterte … einer Unbekümmertheit, die ihr das Herz zerriss. Sie ging schnell auf die kleine Gruppe zu, sie würde schimpfen, es musste sein, Leïla lächelte sie an, ach so, es war Leïla, die kleine Nachbarin aus dem sechsten – warum »kleine«, fragte sie sich, ich rede schon wie eine alte … eine alte Matrone …

»Guck mal, Maman«, sagte Elodie, »Leïla hat mir ein Schlumpfbonbon gegeben!« Sie streckte ihr eine krank aussehende Zunge entgegen, dann rannte sie wieder los und klammerte sich an die Jacke ihrer Schwester. Leïla und Elisabeth setzten sich auf eine Bank. Zu zweit war es schon besser.

»Du siehst müde aus.«

»Ich habe einen neuen Job, im Hotel, am *Périphérique*, ziemlich weit, ich stehe um fünf auf.«

»Wenn wir drehen, müssen wir auch früh raus.«

»Ach so.«

Leïla zündete sich eine Zigarette an. Sie sah müde aus, aber auch glücklich. Es war immer ein Licht in ihr, etwas Besonderes in ihrem forschenden Blick. Elisabeth ärgerte sich, dass sie vom Drehen gesprochen hatte.

»Ist es schwierig?«

»Was?«

»Die Arbeit?«

»Dreckig, ja.«

Leïla rauchte langsam, es sah aus, als ruhte sie sich aus. Elisabeth fand, dass sie eine proletarische Art zu rauchen hatte, die Zigarette war eine Belohnung, eine Pause, während sie selbst aus Nervosität rauchte, aus reiner Langeweile … Wie eine Dame.

»Räumst du die Zimmer auf?«

»Viel mehr gibt's ja in einem Hotel nicht zu tun.«

»Nein … Ich meine, Frühstück und so was alles?« Ihr fiel ein, dass sie nie Trinkgeld für die Mädchen dagelassen hatte, die ihr das Frühstück brachten, wenn sie im Hotel übernachtete.

»Es ist tödlich, ich muss fünf Zimmer pro fünf Zimmer machen.«

»Was bedeutet das?«

»Ich werde für fünf Zimmer pro Stunde bezahlt. Eine Stunde Mindestlohn entspricht fünf Zimmern.«

Elisabeth lachte kurz.

»Das ist doch idiotisch. Was passiert, wenn du sieben machst?«

»Dann wird der Mindestlohn geteilt. Am schlimmsten ist es, wenn man warten muss, bis die Gäste aufwachen oder die Wäsche kommt. Wenn man wartet und den ganzen Vormittag für fünf Zimmer braucht, wird man trotzdem nur für eine Stunde bezahlt. Und Sie? Arbeiten Sie heute nicht?«

»Weder heute noch morgen. Ich muss wohl mal wieder zu meinem Agenten gehen und ihm den Kopf waschen.«

»Ja, manchmal muss man den Leuten den Kopf waschen.«

Elisabeth hatte in der Zeitung gelesen, dass ein Manager jeden Monat bis zum Tausendfünfhundertfachen des gesetzlichen Mindestlohns verdiente, ganz zu schweigen von den Aktienoptionen, die ihm das Doppelte seines Gehalts einbringen konnten. Sie hatte den Artikel zweimal gelesen, weil sie die Zahlen nicht erfassen konnte, zu groß, zu ungewohnt, und jetzt war sie nicht imstande, den Mindestlohn zu teilen.

»Ich habe neulich Ihre Babysitterin getroffen, sie hat mir erzählt, dass Sie im Theater waren.«

»Ja, Pascal hatte eine Premiere, ich besorge dir Karten … oder wir gehen mal zusammen ins Theater, wenn du willst, und sehen ein gutes Stück.«

»Ins Theater? Das wäre einfach genial!«

Leïlas Begeisterung rührte sie. Das Mädchen war bereit, überrascht, erstaunt, erschüttert zu werden. Oh! Elisabeth hatte solche Lust zu spielen. Diese nächtliche Begegnung, die unerträgliche Spannung fehlten ihr so sehr, es fehlte ihr, dass sie nicht mehr für zwei Stunden am Tag endlich sie selbst sein konnte, zwei endlose Stunden, die den Rest des Tages auf bloßes Warten reduzierten.

»Ich würde sehr gern mal mit dir ins Theater gehen, Leïla.«

»Das Problem ist, dass ich nichts Tolles anzuziehen habe.«

»Fürs Theater muss man sich nicht rausputzen, weißt du … Mir ist kalt, ich gehe nach Hause.«

»Ich bleibe noch ein bisschen, wenn Sie wollen, bringe ich die Mädchen zurück.«

»Sehr gern, dann nutze ich die Zeit, um meinen Agenten anzurufen. Die Mädchen tanzen ständig um mich rum, wenn ich telefoniere, ich glaube, sie hassen es.«

Leïla lächelte ihr zu. Sie war schön mit ihrem Lächeln und den tiefen Ringen um die Augen, sie war wie ein kleiner Soldat, der niemals fällt.

»Bleibst du lange bei diesen Gaunern im Hotel?«

»Ich glaube nicht, nein … Aber ich muss der Jugendfürsorge und dem Betreuer meinen guten Willen beweisen.«

Das verstand Elisabeth: Willen! Niemals bösen. Immer guten. Der gute Wille, der aus uns entschlossene Frauen macht, Frauen, die sich mit hartnäckigem Vertrauen dem Leben stellen und der lauernden Angst, etwas zu verderben, vorbeizuzielen. Woran vorbei?

Sie verließ den Park, hob den Kopf und beschloss, dass alles bestens war.

Elisabeth las den Kindern sehr gern vor dem Einschlafen Geschichten vor. Es war so beruhigend, wenn der Tag geschafft war. Jetzt war nichts mehr zu tun, nichts mehr zu beweisen, die Abendlektüre ähnelte einer Herzensbeichte vor dem Mysterium der Nacht.

Die Wohnung war jetzt ruhig, Elisabeth goss sich einen Pflaumenschnaps ein und legte eine CD von Klaus Nomi auf. Die Stimme stieg vom Boden auf, zog den Körper nach oben, durchdrang ihn ganz und gar und verband ihn mit dem Himmel. Wenn Elisabeth diese Stimme hörte, fühlte sie sich aufrecht, gerade, riesig. Sie fühlte sich wohl. Mit ihren Töchtern. Ohne Pascal. Brauchte sie ihn? Liebte sie ihn noch nach dieser misslungenen Inszenierung? Man kann unmöglich lieben, ohne zu bewundern. Es war wie die Stimme von Klaus Nomi, die Liebe musste einen zum Himmel heben und auf die Erde locken, die Liebe musste dieses Paradox sein, diese Erfüllung, und nur Bewunderung konnte dieses Gefühl nähren. Was denn? Konnte man aufhören, einen Mann zu lieben, nur weil er eine Inszenierung in den Sand gesetzt hatte? Lächerlich … Entsetzlich … Nein, das war es nicht. Vielleicht war es seine Art, abends einzuschlafen wie ein Sack, ein zu dicker Körper; kaum im Bett, so kam es ihr vor, hatte er schon den schlechten Morgenatem, waren die Laken schmutzig und die Fantasie träge. Nein, das war es nicht … Vielleicht war es seine Art, mit ihr zu schlafen, schnell, schnell, als würde sein Penis keine drei Minuten durchhalten, er wartete nicht, bis sie kam, dann schob er die Finger in ihr Geschlecht, sie hatte den Eindruck, er wollte nur schnell mit ihr fertig werden, und sie stieß ihn heftig von sich. Was noch? Diese Mittelmäßigkeit? An wem lag es? Woran? Sicher an ihr, weil sie nicht ausgefüllt war, weil sie nicht die Aura der arbeitenden Frau hatte, einer Frau, die etwas vom Geheimnis des anderen Lebens in sich trug. Vielleicht fragte er sie deshalb nicht mehr, was sie erlebte, weil sie nichts zu erzählen hatte, sie war leer, ein Luftzug, weiter nichts. Oh Gott! Würde sie vielleicht so erlöschen, eine alte Kerze in einer verlassenen Kirche, niemand, der davor betete, der daran glaubte? Sie durfte nicht in diese düsteren Gedanken versinken, etwas Willen bitte! Etwas von diesem verdammten guten Willen!

Sie öffnete ihr Notizbuch. Sie würde eine Freundin anrufen, es war ja noch nicht einmal zehn Uhr, sie hatte sehr früh mit den Mädchen gegessen, Schinken und Püree, sie hatte noch den ganzen Abend vor sich. Namen tauchten auf … sie fand nicht den richtigen, den unverzichtbaren. Freundinnen, mit denen sie lange nicht gesprochen hatte, würden fragen, wie es steht, die Vorstellung erschreckte sie, und die, mit denen sie in letzter Zeit telefoniert hatte, wussten schon …

Sie ging ins Bad, ließ sich ein Schaumbad einlaufen, stellte Kerzen auf, machte das Radio an und ließ sich in die Wanne gleiten, wie man unter eine Daunendecke schlüpft.

Im Radio sprach eine Frau. Sie hatte eine sanfte, aufmerksame Stimme, die keine Scheu vor Pausen hatte, sondern sie respektierte, wie einen musikalischen Nachhall. Elisabeth kannte diese Stimme … Sie sagte: »Es besteht eine deutliche Analogie zwischen dieser letzten Rolle und dem, was Sie in der Vorstellung der Zuschauer verkörpern«, sie sagte Worte, die gut zueinander passten. Elisabeth schloss die Augen und strich mit der Hand über ihr Schamhaar, sie mochte die kleinen Löckchen, die im Wasser aufquollen, sie liebte das Badewasser, das in sie strömte und später, im Bett, ganz warm herausrinnen würde. Die Stimme hatte gelacht. Elisabeth öffnete die Augen. Verdammt noch mal! Dieses Lachen … Sie war ganz dicht daran, es zu erkennen, kurz davor, sie hatte es schon gehört. »Sie haben mir in *Passion-Passage* sehr gefallen …« (»Sie haben mir in *Die Heimkehr* sehr gefallen.«) Ja! Clara Mercier. Sie war es, Clara Mercier. Elisabeth stand auf, das Wasser floss herab, ölig, zart, der Schaum rann über ihre Brüste, ihre Schultern, ihren Bauch … sie betrachtete sich im beschlagenen Spiegel … sie war nicht schlecht, so ein bisschen verschwommen … groß, schlank, blaue Augen, lockiges Haar ... Sie drehte sich, um ihren Po zu sehen, nahm ihn in beide Hände. Gut. Das ging. Was dann? Was kam nicht mit? Der Kopf? Aber sie hatte doch alles im Kopf, es musste nur jemand ihren Käfig öffnen, sie konnte sehr gut fliegen ... Die Wohnungstür knallte. Scheiße! dachte sie, er wird die Mädchen wecken. Ja ... Liebe beim Baden wäre gar nicht schlecht ... nicht gerade bequem, aber so angenehm, Schnauze voll vom Vögeln im Bett, immer in der Horizontalen, wie gelähmt, leise, leise, damit wir die Kinder nicht wecken, sie für den Rest des Lebens traumatisieren und den Psychiatern in die Arme treiben. Was machte er nur? Sie hörte ihn durch die Wohnung laufen, eine Tür öffnen, eine andere schließen ... Nein! Unmöglich! Er hatte den Fernseher angemacht. Sie würde ihn umbringen! Sie lag bei Kerzenschein im Bad, und er sah fern. Von Wut getrieben, stieg sie aus der Wanne, rutschte aus und stieß mit dem Schienbein gegen die Ecke des Schränkchens. Sie war wütend über den Schmerz, er war schuld, dieser Scheißkerl, das war der Tropfen, der das Fass zum Überlaufen brachte, sie zitterte, hüllte sich in ein Badetuch, trocknete ihr Schienbein ab und massierte es mit Arnika. Ungewollt flossen die Tränen, sie saß auf dem Badewannenrand, verletzt, zusammengesunken. »Man muss sich von der Fantasie der Rolle wiegen – um nicht zu sagen verschaukeln – lassen, nicht wahr?« Und diese Clara Mercier, immer noch genau so süßlich, ruhig und gesetzt, die ertrug sie auch nicht mehr! Sie rieb sich ohne nachzudenken die Augen, das Brennen des Arnika war unerträglich, sie stürzte zum Waschbecken, spülte lange die Augen, in deren Tränen sich Wut und Schmerz mischten, und genau da spielte Clara Mercier *Cold Song* von Purcell, gesungen von Klaus Nomi … Elisabeth hob den Kopf und erstarrte, dann drehte sie sich um und sah auf das Radio, das immer noch wie ein Radio aussah, aber sie konnte ihren Blick nicht davon lösen: Die Journalistin schickte ihr ihre Lieblingsmusik, die Musik, die sie zwischen Erde und Himmel leben, in der richtigen Höhe atmen, selbst in der Reglosigkeit weitergehen ließ.

Sie setzte sich auf den Fußboden neben das Radio, jetzt waren ihre Tränen warm, ihre Tränen erleichterten sie, ließen ihre Schultern herabsinken, weiteten ihre Brust, erhellten das feuchte, nach Arnika und Honigkerzen duftende Badezimmer. Elisabeth war zart, gewaschen, vollkommen neu.

Am nächsten Tag besuchte Clara Irène. Sie wollte sie ein bisschen in ihrer Einsamkeit trösten und war erstaunt, die Wohnung voll mit ausgelassenen alten Damen zu finden, die den achtzigsten Geburtstag von Nini feierten, einer ehemaligen Citroënarbeiterin – soweit Clara es mitbekam, hatten sie alle dort gearbeitet.

Sie hatte keine Lust wieder zu gehen. Sie war gern mit alten Leuten zusammen und hörte sich ihre Lebensgeschichten an, sie musste spüren, dass ihr Vater und ihr Großvater Ausnahmen gewesen waren, dass es auch anständige Menschen gegeben hatte, Leute, die wenig hatten – »die mit dem bezahlten Urlaub« sagte ihre Mutter verächtlich.

Sie hatte kein Geschenk, hatte nur das Babyshampoo dabei, das sie Irène zum Probieren mitgebracht hatte, aber jetzt war nicht der richtige Moment, es auszupacken.

Tino Rossi lief wieder und wieder auf dem alten Plattenspieler, Dreigroschenliebe, billige Träume, Clara spürte, dass die alten Arbeiterinnen noch immer bereit waren, daran zu glauben, sie waren entspannt, freuten sich, beisammen zu sein, begeisterten sich am Sekt, an der Sahnetorte und den vielen rosaroten Kerzen, die nicht ausgehen wollten. Nini pustete mit aller Kraft, die Flammen zuckten nur, es gab Ermutigungsrufe, dann Scherze, sie versuchten es zu mehreren, Clara bemerkte, dass einige fröhlich ihren Speichel auf dem Kuchen versprühten, und immer noch zitterten die Flammen, ohne zu verlöschen. Schließlich offenbarte ihnen Irène verschmitzt ihr kindliches Geheimnis: Diese Kerzen ließen sich nur in Wasser löschen und selbst da nur schwer. Zitternde Hände, knotige Finger nahmen sie einzeln vom Kuchen, kichernd und erleichtert trugen die Frauen sie zum Waschbecken.

Als die alten Frauen sich an den Kuchen machten, herrschte Ruhe, dann wandten sie sich Clara zu: Wer war sie genau? Was bedeutete »die Freundin von Boris«? War es etwas Ernstes, würden sie heiraten, früher wurde geheiratet, das war auch nicht schlimmer, man hatte seinen Mann für sich, wenigstens etwas, worauf man zählen konnte in dieser Welt voller Vorarbeiter, Spione, Betrüger und Streikbrecher, aber Clara arbeitete bestimmt nicht in der Fabrik … wie? Im Radio! Das war eine Neuigkeit. Schade, wo Sie so hübsch sind, sagte Nini, Sie könnten die Acht-Uhr-Nachrichten vorlesen! Nein, nein, Radio ist sehr gut, erklärte eine andere, haben Sie schon Stars getroffen? Claras ausweichende Antwort verlor sich im Stimmengewirr: Irène hatte Nachricht von Suzanne, sie war zum zweiten Mal Urgroßmutter. Clara spürte, dass sie nur mäßig interessant war, das Leben dieser Frauen war so angefüllt mit Mühen und Erfahrungen, sie waren füreinander wie Spiegel, Hüterinnen ihrer Erinnerungen, wenn eine den Verstand verlor, würden die anderen da sein, um ihr zu sagen, wer sie war und was sie getan hatte.

»Ihre Großmutter, die ist mir eine!«, flüsterte eine kleine Frau, die offenbar nicht alles mitbekommen hatte, Clara ins Ohr.

»Ja«, hörte sich Clara antworten, und sie ging noch weiter, als sie diese seltsamen Worte ergänzte: »Meine Großmutter, die ist eine anständige Frau!«

»Wir waren zusammen. In der 86.«

Clara nickte, aber sie hatte keine Ahnung, was 86 bedeutete. Die andere nahm das Nicken als Aufforderung fortzufahren, denn sie brannte vor Lust darauf.

»Wir hatten es ausgerechnet: 3750 Mal der gleiche Daumendruck pro Tag, ja, 3750 Mal! Wie finden Sie das? Wir hatten immer Pflaster und Verbände, aber was glauben Sie, am Ende der Schicht war nichts mehr davon übrig. Mein Mann war Hilfsbuchhalter! Der musste sich nicht mal die Hände waschen, ehe er sich zum Essen setzte, er hatte immer saubere Hände. Ich bin wie Ihre Großmutter, es fällt mir schwer, Gegenstände zu greifen, meine Daumen sind hinüber ...«

Clara hatte nicht die geringste Ahnung von diesem Arbeiterleben, von dieser doch so nahen Welt ... Ihr Vater hatte mit Erbsenkonserven ein Vermögen gemacht, ebenso einträglich wie lächerlich, sie hatte sich immer für ihren Vater geschämt, für seine Erbsenfabriken und seine nervösen Depressionen, ebenso erbärmlich wie tragisch, eine Posse!

»Warum sind Sie nicht zum Arzt gegangen?«

»Zu welchem Arzt denn?«

»Na ja … dem Werksarzt.«

Die kleine Alte sank noch mehr zusammen und begann zuckend zu lachen, dann berührte sie Claras Arm und sagte in vertraulichem Ton:

»Den Doktor bei Citroën nannten wir den Veterinär, da wissen Sie, was er taugte. Und außerdem war er bestochen. Je weniger Krankenscheine er ausstellte, umso höher war seine Prämie.«

Sie richtete sich auf und wiederholte noch einmal:

»Nein, aber Ihre Großmutter, die ist mir eine, oh ja! Wenn wir sie fragten, wie sie das aushält (nie krank, nie beim Arzt), sagte sie: ›Ich singe für mich‹, und genau das hat sie gemacht, ja, sie machte die Sitze und sang dabei in Gedanken, sie meinte, das gibt ihr den Rhythmus!«

»Das wusste ich, sie hat es mir oft erzählt.«

»Natürlich …«, bestätigte die kleine Alte. Sie wandte sich den anderen zu, die über Kinder, Enkel und Urenkel plauderten, und lächelte ihnen zu, Clara kam es vor, als zitterte sie. Die Alte spürte den Blick und sagte wie zur Entschuldigung:

»Ich habe keine Enkel … Meine Tochter …«

Ihre Stimme brach, hatte sich nie daran gewöhnt, diesen Satz hervorzubringen, ohne zu schwanken.

»Meine Tochter ist als kleines Mädchen gestorben.«

Dann schlug sie mit der Hand durch die Luft, als wollte sie die Worte und die damit verbundenen Gefühle verjagen.

Clara nahm Irène beiseite, gab ihr das Shampoo und ging, ohne sich von den anderen zu verabschieden.

Die Place Clichy war verstopft mit Autos und Bussen, die Sonne war hart, ein Licht ohne Zwischentöne, Clara beschloss, im *Wepler* ein Glas zu trinken.

Sie setzte sich und sah sich die Passanten an, Vertreter aller Nationalitäten, aller Religionen, aller Sexualitäten, eine Welt ... und sie? Zu welcher Welt gehörte sie? Boris hatte Glück, er hatte eine Großmutter voller Erinnerungen, die man erzählen konnte, Erinnerungen, die man weitergeben oder eifersüchtig hüten konnte ... Jetzt spürte sie, ja, jetzt ahnte sie, welche Frage er in L'Aigle gestellt hatte, die Frage, die sie nicht gehört hatte. Sie rief ihn an, er war zu Hause, Rue Blanche, sie bat ihn, gleich zu kommen, kurz darauf war er da, erstaunt, etwas beunruhigt, warum war sie nicht zu ihm nach Hause gekommen?

»Die Frage. Als ich am Kamin saß. Die Frage, die ich nicht gehört habe, was war das?«

Er wandte den Blick ab. Hinten im Saal teilten sich zwei Verliebte einen wunderbaren Teller mit Meeresfrüchten.

»Ich komme gerade von Irène ...«

»Und?«

»Und ich will deine Frage hören.«

»Was hat das mit Irène zu tun?«

»Irène ist deine Kindheit, der Tod deiner Mutter, die Lieder deines Vaters, das bist du, wie du am Küchentisch deine Hausaufgaben machst, während sie ihre Pflaster erneuert (und da erst sah er sie an: Woher wusste sie das, wer hatte ihr von den Pflastern erzählt, Irène sprach nie darüber), das sind eure Sonntage an der Place Clichy, das ist die Familie, eben Familie! Warum zwingst du mich, es zu sagen?«

Er trank einen Schluck Bier, zündete sich eine Zigarette an – Bier ging nicht ohne Zigarette, sie gehörte zum Geschmack, dem Geschmack der Zeit, die langsam vergeht und die man genießt. Aber er genoss gar nichts.

»Ich will ein Kind.«

Er hatte den Satz ruhig gesagt, auf sein Glas starrend, diesen schrecklichen Satz, der schon so lange in ihm wühlte, diese Wahrheit.

»Ich will ein Kind.«

So. Es war möglich, das zu hören. Es war möglich, dass es geschah. Eines Tages, in einem Restaurant. Ohne Lärm. Ohne Heftigkeit. Aber Clara konnte ihn nicht verlieren. Sie konnte nicht nein sagen. Sie hatte sich geschworen, ihn niemals anzulügen, aber sie tat es, aus Überlebensinstinkt.

»Lass mir etwas Zeit …«

»Zeit wofür? Du hast immer gesagt, dass du nie ein Kind haben wirst.«

»Lass mir Zeit, mich an den Gedanken zu gewöhnen, ja?«

Er konnte sie nicht mehr ansehen. Sie ansehen hieß, sie zu demütigen, denn sie war nur noch eine zerstörte Frau, die log. Das Liebespaar hinter ihnen lachte laut, der Mann streckte dem Kellner eine leere Flasche entgegen und machte ihm Zeichen, eine neue zu bringen. So war das Leben erträglich: gemischt mit Wein. Man musste das Leben in Alkohol auflösen, ertränken. Boris spürte auf seinen Händen Claras eisige Finger, er drückte sie an seinen Körper, um sie zu wärmen, er hatte ihr niemals wehgetan, was geschah mit ihnen, welcher Fluch erfüllte sich?

»Clara, ich könnte schon zwei Kinder haben. Ich bin fünfundvierzig, und ich hatte zwei Geliebte, die abgetrieben haben, ich glaube, ich habe sie noch ermutigt, es zu tun, aber heute ... Ich finde das alles ungerecht ...«

»Töte mich ...«, flüsterte sie. Und er sah sie zum ersten Mal. Sie weinte nicht, aber ihr Gesicht war kleiner geworden, in ihrem Gesicht war zu lesen, wie es im Alter sein würde, es trug all ihre Leben.

Er küsste sanft ihre Hände, dann standen sie auf und gingen hinaus, eng umschlungen, zusammengeschweißt durch Verständnislosigkeit und Schmerz, orientierungslos, so anders als eben noch, als sie das Restaurant betreten hatten.

Als sie aus dem *Wepler* kamen, trafen sie Elisabeth. Sie war geschminkt und trug eine weiche Lederjacke über einem langen Rock, dessen fließender Stoff um ihre Beine wogte, sie war hier mit ihrem Agenten Eric Saint Clair verabredet und wollte sich in bester Form präsentieren.

Einen Moment lang erkannte sie Clara Mercier nicht, sie erkannte sie eigentlich nur, weil sie mit Boris zusammen war. Die beiden sahen elend aus, Elisabeth strahlte, deshalb überraschte die Begegnung sie alle drei, Clara aber sah darin ein Zeichen: Da die Zweisamkeit mit Boris unerträglich wurde, würde sie sich an diese Frau klammern, die zufällig vorbeikam. Sie hatte Mühe, die Worte zu finden, sie aus ihrem schmerzenden Körper zu reißen, sie flüsterte sie ohne Überzeugung: Wollen wir was trinken? Elisabeth stimmte leicht verwirrt zu, was sollte sie dieser so traurigen Frau sagen, die ihr vor wenigen Tagen so schön erschienen war?

Sie setzten sich an einen runden Tisch in einer Ecke, jetzt war es Clara warm, sie zog den Mantel aus, die Ärmel entfalteten sich wie zwei schwarze Flügel, dann sanken sie schlaff auf die Lederbank herab.

»Einen doppelten Whisky ohne Eis«, sagte sie zu Elisabeth.

Elisabeth rief den Kellner, einen großen, schlanken, gebräunten Typen mit fleckiger Schürze.

»Einen doppelten Whisky ohne Eis und einen Kaffee!«

Sie strahlte, sie hatte beschlossen, zu strahlen, aber sie wusste, dass sie vor dem Abend erschöpft sein würde.

Eine Weile saßen sie schweigend da, und Elisabeth bemerkte erstaunt, dass dieses Schweigen nicht peinlich war, es war Raum, war wohltuende Langsamkeit.

Clara warf den Kopf zurück und zerzauste ihre Haare, Elisabeth hörte die Armreifen klingeln, sie hatte das Gefühl, als tauche die junge Frau allmählich wieder auf.

»Kennen Sie Boris schon lange?«

Elisabeth überlegte kurz, mit zusammengekniffenem Mund, wie sie es eigentlich nur im Beisein der Kinder machte, die über ihre Grimasse lachten, warum ließ sie sich vor dieser Frau so gehen?

»Wir haben uns an der Schauspielschule getroffen, aber wir waren nicht in einer Klasse. Boris ist etwas älter als ich. Eigentlich haben wir uns erst bei dem Pinter richtig kennen gelernt, ja … vor vier Jahren.«

»Boris und ich waren vor vier Jahren schon zusammen, aber … wir sind ganz vorsichtig rangegangen. Wir sahen uns nur selten. Wir stellten uns keine Fragen. Er hatte noch andere Beziehungen, und ich brauchte fast ein Jahr, um ihm zu sagen, dass mich das verrückt machte.«

Clara neigte nicht dazu, ihr Inneres zu offenbaren, aber warum sollte sie nach dem, was eben mit Boris geschehen war, noch vorsichtig sein und auf Zehenspitzen herumschleichen? Sie wirkte sicher lächerlich, aber alles war lächerlich. Dieses Restaurant. Diese Leute. All die Lügen und höflichen Morde.

»Als wir *Die Heimkehr* spielten, redete er ständig von Ihnen, wir waren alle irgendwie eifersüchtig, irgendwie neidisch, und er … ich erinnere mich noch, er sagte: Das versteht ihr nicht.«

Clara lächelte. Boris hatte Recht, wer konnte schon diese Beziehung verstehen, die keine Liebesgeschichte war, diese Zweisamkeit ohne die Unwetter der Leidenschaft, und trotzdem heute dieser Schmerz …?

»Haben Sie Kinder?«

»Zwei Töchter. Zwei kleine Töchter von fünf und sieben.«

»Das ist gut.«

»Warum ist das gut?«

»Ich weiß nicht, das ist … Kinder sind … das Leben, das weitergeht. Nein? Na ja, das wissen Sie wohl besser als ich.«

»Nein. Ich weiß nicht, warum ich Kinder habe. Ich weiß nicht, warum ich nicht ohne sie leben könnte. Manchmal finde ich es geradezu verbrecherisch, Kinder in die Welt gesetzt zu haben.«

»1940 … war es wirklich verbrecherisch, Kinder in die Welt zu setzen.«

Elisabeth sah sie verständnislos an. Was sollte das jetzt? Sie wollte ihr für Klaus Nomi danken, aber sie traute sich nicht, vielleicht erinnerte sich Clara gar nicht an das Stück, das sie am Vorabend gespielt hatte, wahrscheinlich hatte sie mit ihrem Studiogast geschwatzt, während Elisabeth weinte, und darauf gewartet, dass der Aufnahmeleiter ihr ein Zeichen gab und das kleine rote Licht aufleuchtete.

»Man spricht immer darüber, was die Kinder erwartet«, fuhr Clara fort, »aber die Mütter ... sie auch ... Ich meine, es kann auch für sie schrecklich sein.«

Und sie sprach von Boris, von seinem Wunsch, Vater zu werden – aber sie konnte doch kein Kind bekommen, nur um Boris zu halten, dazu war sie nicht imstande, zu dieser Lüge, dieser Feigheit, niemals könnte sie das. Man hält niemanden mit einem Kind, sagte Elisabeth, man bindet sich für ein Leben, aber man hält nichts. Sie gestand, dass ihre Töchter sie von Pascal entfernt hatten, dass sie an dem Tag, als sie Mutter wurde, in einer anderen Welt gelandet war – und sie staunte über ihre Worte, denn sie hatte nie zuvor darüber nachgedacht. Um das Geständnis nicht zu vertiefen, erzählte sie von ihrem Staunen, Camille und Elodie aufwachsen zu sehen, von dem Gefühl, ihre Erziehung jeden Tag neu zu improvisieren, ohne dass etwas festgelegt war. Ungewollt ließ sie sich auf das Gespräch ein, sie hielt ihrer Rolle als sorglose Frau nicht durch, mit Clara schaffte sie es nicht, sich einfach nur die Zeit zu vertreiben, gelangte sie nicht zu der notwendigen Neutralität … aber schon stand Eric Saint Clair neben ihr. Sie musste sich fassen, sie musste lächeln, sie musste Clara vorstellen, aber wie? Und plötzlich schämte sie sich, ohne zu wissen weshalb. Ohne zu wissen vor wem. Aber die beiden kannten sich schon. Paris ist ein winziger Begegnungspunkt, wo jeder sich freut, eine Menge Leute zu kennen, und gleich dankte Eric Saint Clair Clara, weil sie in der letzten Woche seine wunderbare Schauspielerin Béate Faber eingeladen hatte. Elisabeth fühlte sich völlig bedeutungslos, sie war die Schauspielerin, die immer auf Aufträge wartete, das kleine Mädchen, das vergeblich am Rock der Mutter zieht, um auf sich aufmerksam zu machen.

»Ich warte, lassen Sie sich Zeit, ich muss noch einen wichtigen Anruf erledigen«, sagte Saint Clair und klopfte ihr auf die Schulter. Sein Lächeln aber galt Clara.

Sie schwiegen einen Moment. Jetzt stand ein Zögern zwischen ihnen, eine ungreifbare Verlegenheit.

»Er und ich, das passt irgendwie nicht, finden Sie nicht?«

»Trennen Sie sich von ihm.«

Elisabeth war schockiert von der Direktheit des Ratschlags. Von der grausamen Einfachheit.

»Vieles passt nicht«, fuhr Clara fort, »viele Dinge passen nicht zu uns.«

Elisabeth wollte nicht daran denken. Sie hatte sich geschworen, diesen Tag zu erobern, ihn ohne Schmerz zu leben, mit Leichtigkeit. Eine Seifenblase. Nur eine Seifenblase.

»Entschuldigen Sie, ich bin so direkt … Ich würde Ihnen gern mein Haus in L'Aigle zeigen. Bitte, kommen Sie nach L'Aigle. Elisabeth … Ihr Agent ist unwichtig. Sie sind eine großartige Schauspielerin, ich weiß es, und Sie wissen es auch.«

Elisabeth hatte Tränen in den Augen. Sie hasste diese Gefühle, die immer aufstiegen, wenn es am wenigsten passte. Sie durfte nicht emotional und verletzlich sein, sie musste diesen Satz aufnehmen und sich daran festhalten: eine großartige Schauspielerin, sie war eine großartige Schauspielerin.

Clara öffnete die Tür, öffnete die Fenster, öffnete die Fensterläden und ließ Elisabeth einen Moment allein.

Das Haus roch nach kalter Asche, Feuchtigkeit und Holz, es war sorgfältig eingerichtet, eine etwas bohèmehafte Ästhetik und Harmonie, sie entsprach genau der Vorstellung, die sich Elisabeth vom kosmopolitischen, unkonventionellen Bürger mit einer poetischen Ader und einer Spur Verlegenheit ob seines Reichtums machte.

Sie folgte Clara auf die Terrasse, wo ein schmiedeeiserner Tisch kultiviert vor sich hin rostete.

»Boris möchte gern, dass ich hier Feste organisiere, aber ich lade nie jemanden ein. Er stellt sich volle Gästezimmer, viel Lärm und Bewegung vor … Aber dieses Haus wartet auf etwas anderes.«

»Worauf wartet es?«

»Dass es passt, wie du im *Wepler* gesagt hast.«

»Hat er das Haus eingerichtet?«

»Nein, ich. Aber was sollte ich tun? Was meinst du, was ich hätte tun sollen? Ich habe alles reingestellt, was man in ein Landhaus zu stellen hat, ein ›Zweithaus‹, wie es heißt, nur dass dieses hier keineswegs zweitrangig ist und dass ich mir gewünscht hätte, dass es wie eine Mönchszelle aussieht, ich hätte es gern leer und schmucklos gehabt, schwierig, aber die Chance ist vertan, und jetzt erwartet Boris die Freunde für unvergessliche Abende und spontane Wochenendtreffs … diese ganze Geselligkeit … Mir ist kalt. Ich würde gern ein Stück gehen.«

Sie nahm Elisabeths Arm, und sie gingen im Gleichschritt, obwohl sie so klein war neben ihrer Begleiterin, und der Schatten zu ihren Füßen war wie zerrissen, zerstört auf den vereisten Steinen.

»Wenn ich dir sage, dass ich verrückt bin, glaubst du mir das?« Ihr schmerzte der Kopf, weil sie sich getraut hatte, diese Frage an Elisabeth zu richten, die sie kaum kannte, aber vielleicht nahm ihr gerade diese Distanz die Scheu und minderte die Angst zu enttäuschen. Elisabeth war nicht enttäuscht. Sie war verwirrt von dieser fast brutalen Offenheit, hätten sie nicht plaudern und lachen sollen, im Rhythmus des Spaziergangs – die berühmte weibliche Vertraulichkeit, unmittelbar und ohne Schwere? Aber Clara wartete. Auf eine Antwort. Auf Ehrlichkeit.

»Aber warum? … Warum sagst du das?«

»Weil mein Vater verrückt war. Und mein Großvater auch.«

Leichter Nebel lag über den leeren Feldern, der Morgen wollte sich nicht recht entfalten, und diese Trägheit stand im Gegensatz zu Claras Offenheit, zu ihrer ungewollten Provokation.

»Mein Großvater war Milizionär. Er kam zur Welt, um

Böses zu tun, und er hat es getan. Das hat er geschafft. Sein Sohn ist ein unförmiges Geschöpf, ein Irrtum. Sein Sohn. Mein Vater. Verstehst du jetzt, von welchen Leben ich abstamme? Du schaust mich an, und du siehst nichts. Niemand sieht es. Trotzdem sind sie in mir.«

Sie drangen in den kleinen Wald ein, es wurde dunkel, instinktiv senkten sie die Köpfe, die Bäume waren hoch und schlank, ihre Wipfel mischten sich mit dem Nebel. Elisabeth roch dicht neben sich Claras Parfum, sie war so wenig vertraut und doch verletzlich. Sie spürte ihre Erwartung, das Wort, das suchte, wo es sich niederlassen konnte.

»Erzähl mir davon ...«

Clara antwortete nicht sofort. Sie wartete, bis sie tiefer im Wald war, verborgen, fast lauernd, sie wartete, bis ihre Erregung sich legte, denn sie wusste, zum ersten Mal würde sie es sagen. Sie presste Elisabeths Arm noch fester, um sie ganz und gar an sich zu fesseln, sie während ihres Berichts nicht mehr freizugeben.

»Mein Großvater hieß Robert. Er war ein Bauernsohn und lebte in Cavaillon. Er war ... sicher war er das, was man einen armen Jungen nannte ... na ja ... nicht sehr helle, weder schön noch intelligent. Er hatte schon sehr früh gelernt zu tricksen, zu lügen, sich in die Welt der Erwachsenen einzuschleichen. Sein Vater war Alkoholiker, seine Mutter schuftete sich zu Tode, die Geschwister waren so zahlreich ... eine ganze Herde. Als vierzig der Krieg ausbrach, war er sechzehn und verkaufte sein Gemüse auf den Märkten, vor allem in L'Isle-sur-Sorgues. Dort reizte ihn die Verlobte eines Fischers, eine junge Frau von kaum achtzehn Jahren, die ihn, wie du dir vorstellen kannst, nie beachtet hatte. Sie hieß Isabelle ... so ähnlich wie du ... Sie war sehr verliebt in den Fischer, aber zweiundvierzig war er verschwunden, er kämpfte in der Résistance, und Isabelle blieb allein in L'Isle. Für Robert, meinen Großvater, wurde sie zur leichten Beute. Ende zweiundvierzig ging er zur Miliz. Uniform, Gewehr, die erbärmlichen Insignien der Männlichkeit ... Eines Abends ist er in ihr Haus eingedrungen. Mit Gewalt. Wahrscheinlich betrunken. Er hat das ganze Haus verwüstet und dann ... hat er sie vergewaltigt.«

Sie verschränkte die Arme vor der Brust, krümmte sich nach vorn, sprach nur noch zu den Steinen.

»Isabelle floh aus L'Isle, man hat sie nicht wiedergesehen. In einer Nacht im August dreiundvierzig, meine Urgroßmutter war noch nicht im Bett, hat sie ein Kratzen an der Tür gehört und dann ein Weinen. Die Hunde haben angeschlagen. Sie hat das Gewehr genommen und ist rausgegangen. Auf der Schwelle lag ein Bündel ... mein Vater. Ein Baby mit einem Zettel: ›Für den Milizionär‹. Die Familie hätte es ertränken können, wie eine Katze, wie eine Ratte ... aber sie haben es behalten. Nach der Befreiung wurde mein Großvater von den Widerständlern erschossen.«

Sie legte sich plötzlich die Hand in den Nacken, massierte ihn leicht, eine kleine, ruckartige, fieberhafte Bewegung. Sie hörten ein leises Geräusch, trockenes Laub knisterte in einem Busch, sicher ein Tier, das sie aufgeschreckt hatten. Clara griff wieder nach Elisabeths Arm.

»Die Zeit verging, mein Vater wuchs in dieser Bauernfamilie von Analphabeten auf, und ich weiß nicht, warum, durch welches Wunder er in die Schule gegangen ist. Er half natürlich auf dem Feld, aber nachts, wenn alle schliefen, lernte er. Er wollte da raus, wollte sich von der Dummheit befreien, vom Alkoholismus, und vielleicht hatte auch die Familie es eilig, ihn loszuwerden, er gehörte nicht richtig dazu, er ähnelte ihnen nicht, er war einfach nur ein zusätzliches Maul, das man stopfen musste. Sie haben ihn zum Studium nach Avignon gehen lassen, um es zu bezahlen, bewachte er nachts Baustellen, er interessierte sich ausschließlich für die Arbeit, war geradezu besessen davon. Er hat eine Handelsschule absolviert und in der Normandie eine bankrotte Fabrik für Erbsenkonserven übernommen. Und sie wieder hochgebracht. Er hat andere Fabriken gegründet und ein Vermögen gemacht. Er hat geheiratet. Ein Jahr nach der Hochzeit hat er das Bett nicht mehr verlassen … höchstens manchmal zum Abendessen … oder um sich im Keller aufzuhängen … sich im Badezimmer die Adern aufzuschneiden … Meine Mutter hat die Fabriken, das Haus und die Dienerschaft am Laufen gehalten, und nebenher hat sie mich großgezogen.«

Clara setzte sich auf einen kleinen Stein. Atemlos. Erschüttert. Diese Lebensläufe in ein paar Sätzen. Dieses Resümee des Schmerzes. Elisabeth hockte sich hin, um auf gleicher Höhe mit ihr zu sein, genau die Farbe ihrer Augen zu sehen, genau ihren Ausdruck.

»Ich glaube nicht, dass du verrückt bist. Ich glaube, dass nicht die Seele des Milizionärs in dir ist, sondern die von Isabelle – wo ist sie jetzt?«

»Sie ist tot.«

»Woher weißt du das?«

»Ich weiß es und Schluss.«

Schwarz. Claras Augen waren schwarz, eindeutig schwarz.

Sie verließen das Wäldchen. Schweigend. Andächtig. Im Einklang jetzt mit der schüchtern durchbrechenden Wintersonne und diesem besonderen Tag.

Aus Überdruss schickte Eric Saint Clair das Szenario schließlich an Elisabeth. Seit drei Monaten nervte ihn Benoît Fournier, er solle es der Schauspielerin zukommen lassen, aber jedes Mal vergaß Eric diesen Erstlingsfilm mit seiner abenteuerlichen Geschichte und ohne Budget, er hätte ihn Elisabeth gern zusammen mit einem ernsthafteren Projekt untergejubelt, aber ihr nur das anzubieten … das war ziemlich erbärmlich.

Als Elisabeth an diesem Morgen den Briefkasten öffnete, glitt der Umschlag jedoch sanft in ihre Hände, wie ein Geschenk, und sie ging rasch hinauf, um sich mit dem Manuskript zurückzuziehen. Sie bedauerte, dass Pascal zu Hause war; ein Szenario oder Theaterstück zu lesen war eine so persönliche Handlung, dass schon die bloße Anwesenheit eines anderen Menschen eine Störung, nahezu ein Hinderungsgrund war.

»Gehst du ins Arbeitszimmer?«, erkundigte sie sich, um zu erfahren, welches Zimmer sie beschlagnahmen konnte.

»Ich weiß noch nicht …«

»Ich muss einen Text lesen.«

»Ich habe Lust auf dich.«

»Ich habe gerade ein Manuskript erhalten!«

Um ihm ihre Entschlossenheit zu zeigen, öffnete sie den Umschlag und zog den Text heraus. Es war ein Szenario: *Paris-Casa*... Der Titel sagte ihr gar nichts. Von wem? Benoît Fournier. Fehlanzeige. Sie spürte die Wut in sich aufsteigen und wusste nicht, über wen sie sich am meisten ärgerte – über ihren Agenten, der einen erbärmlichen Zettel beigelegt hatte: »Ein kleines Projekt. Wirf bitte einen Blick darauf«, über sich selbst, die den Umschlag so aufgeregt geöffnet hatte, oder über Pascal, der sie ansah wie ein geprügelter Hund.

»Was ist das?«

»Ein Szenario, mit dem mir Eric seit zwei Monaten in den Ohren liegt«, log sie gereizt und enttäuscht. »Ich muss es ganz schnell lesen, der Regisseur wartet auf meine Antwort.«

Glücklicherweise trieb Pascal seine Neugier nicht so weit, sie nach dem Namen des berühmten Unbekannten zu fragen. Er setzte sich mit zuckersüßer Miene neben sie. Nervös misshandelte er eine Büroklammer, er sah wirklich nicht gerade wie jemand aus, der total heiß ist.

»Du hast also Lust auf mich?«, fragte sie mit schriller Stimme, die leicht hätte klingen sollen, und warf das Szenario in eine Zimmerecke.

»Elisabeth ... ich muss mit dir reden ...«

»Nein!«

Sie hatte sich antworten gehört, es war von selbst herausgekommen, wie man die Hände vor das Gesicht legt, um sich vor einem Schlag zu schützen. Ihr Herz begann zu galoppieren, sie hatte plötzlich Durst, ihre Hände zitterten, hatte sie richtig gehört? Hatte sie richtig verstanden? Ja. Natürlich. Es war klar. Und schon lange. Sie holte tief Luft, drehte ihr Haar zu einem Knoten, wie sie es immer tat, wenn sie besonders nervös war. Sie wusste nicht, was sie mit sich anfangen sollte, was sie mit dem anfangen sollte, was sie gerade verstanden hatte. War sie wütend, war sie unglücklich, verletzt? Sie hätte es nicht sagen können. Sie rannte mit aufgerissenen Augen durch die Wohnung, die geballten Fäuste in den Jeanstaschen, und zischte immer wieder: »Oh Gott, dieses Arschloch! Oh Gott, Scheiße, dieses Arschloch!«, und jetzt stieg es ungewollt auf, im Rhythmus ihrer Schritte, es überwältigte sie, und sie lachte nervös bei dem Gedanken, dass sie sich jetzt, oh ja, dass sie sich jetzt von einem Gefühl »bewohnt« fühlte, ha!, das würde sie benutzen, das würde sie recyceln können … Nun aber erstickte es sie, nahm sie ganz und gar gefangen, sie raste los, eine Sekunde später stand sie vor Pascal und gab ihm eine mächtige Ohrfeige, von ganz weit her, aus der tiefsten Tiefe ihrer Auflehnung und Erniedrigung, diesem erbärmlichen Gevögel, diesen Ausweichmanövern, den einsamen Abenden und diesen verdammten Komplimenten, die er ihr seit einiger Zeit verpasste, diesem »Du hast sehr gut ausgesehen heute Abend« und anderen Schweinereien. Pascal reagierte nicht. Dementierte nicht. Leugnete nichts. Die Ohrfeige hatte sie vielleicht alle beide erleichtert.

»Verschwinde!«, befahl sie ihm mit einer tiefen Stimme, die sie nicht von sich kannte. Aber während er sich anschickte zu gehen, packte sie ihn heftig am Arm: »Wer ist es?« Und sofort bereute sie es. Sie wollte es nicht wissen, sie wollte nicht, dass es klar und konkret wurde, sie wollte keine ungeschminkte Wirklichkeit, warum hatte sie diese Frage gestellt, wer hatte nur an ihrer Stelle gesprochen? Und außerdem war es unerträglich, Pascals bekümmerter Blick, dieser liebenswürdige und herablassende Blick, weil er ihr wehtun würde, sie hätte sich gewünscht, dass er seiner sicher, geradezu stolz wäre, zu dem stand, was er tat. Aber er sah sie an, wie man eine Kranke ansieht, und sicher würde er das später erzählen, er würde zu seiner Geliebten sagen: Sie hat mir Leid getan, und das war womöglich noch schlimmer, als betrogen zu werden, diese Anteilnahme, der mitleidige Blick, den er ihr zuwarf.

»Sag nichts!«, schrie sie – und spürte schon, wie sie hysterisch wurde, und war schon die, die sie nicht sein wollte, die ihre Beherrschung verliert, die man unglücklich macht, die arme betrogene und verzweifelte Frau. Oh Gott! Wie konnte sie sich wieder fassen, wieder sie selbst werden, sich selbst und die Situation mit Ruhe und Abstand betrachten? »Ich hasse dich! Ich hasse dich, und ich bring dich um!«

Diesmal verstand sie, dass sie die Worte nicht hindern

konnte, aus ihr herauszukommen, sie verstand, dass sie das Recht hatte, unpassend, maßlos, womöglich verrückt zu reagieren. Sie hatte ein Recht auf Schmerz und Abscheu, sie musste sich nicht schämen, wie die anderen zu reagieren, die Verratenen, die Gehörnten, so spaßig auf der Bühne, die seit Urzeiten betrogenen Frauen, die gegeneinander Ausgespielten, die Feilgebotenen, die Gebrochenen, die Vergewaltigten, die Geschlagenen, die Missachteten – ihre Auflehnung war eine gemeinsame Auflehnung, ein Aufstand, legitimer Zorn, oh nein, was für ein schreckliches Wort: legitim! Legitim, feminin, Bastard, und plötzlich dachte sie an Isabelle und an Clara, plötzlich waren alle Frauen ihre Schwestern, Schwestern im Unverstandensein und in der Herabwürdigung. Das beruhigte sie auf der Stelle, sie war in einer anderen Welt gelandet, sie, deren Leben bis jetzt so friedlich gewesen war, ohne Abgründe und ohne Schwindel, jetzt gehörte sie also zur Welt der Lebenden, jetzt trat sie in die Reihen der Aufständischen, der Verletzten und doch Scharfsichtigen, jetzt VERSTAND sie; der große Schleier der Heuchelei, hinter dem sie seit Jahren mit Pascal gelebt hatte, die Kompromisse, die Mühe, die sie sich gegeben hatte, die Versuche, für sich, ganz für sich ein Familienleben zu haben, das nur eine Falle war, jetzt fiel das alles in sich zusammen wie ein Kartenhaus. Pascal betrog sie, und der Abszess war endlich geplatzt. Sie lächelte unwillkürlich, als sie den Mann ansah, der ihr soeben ihre Freiheit zurückgegeben hatte.

»Na? Wer ist es?«, fragte sie mehr aus Neugier als aus Groll. Und sie genoss es, ihn so befangen, so verlegen zu sehen, mit der Fresse eines inkontinenten Köters und der geröteten Wange, er fühlte sich mies, oh Gott, wie mies er sich fühlte! Sie setzte sich, um ihn zu betrachten, das Schauspiel seiner Auflösung zu betrachten, wie würde er es anstellen?

»Es ist France. France Meynard.«

Dieser Name drang in sie ein wie ein starkes Gift. Sie hatte alles erwartet, nur das nicht. Sie war bereit, alles zu akzeptieren, nur das nicht: diese Idiotin, diese hirnlose Person, diese Schlampe, ja! Diese verdammte Schlampe! Na bitte, jetzt kam sie wieder, die Auflehnung, die ordinäre Wut … Aber wirklich … Wirklich! Sich dieses Mädchen beim Sex mit Pascal vorzustellen, das war! Oh, das war! Und der Premierenabend! Am Premierenabend hatte Elisabeth ihr Komplimente und Lächeln geschenkt, und die andere setzte ihre kleine unschuldige Miene auf, diese Nutte! Sie presste die Hand auf den Mund, um sich zurückzuhalten, sich am Reden zu hindern, sich nicht gehen zu lassen, sich nicht unterlegen und verwundbar zu zeigen, aber es war unerträglich, diese Göre, die Pascal an der Nase herumführte, die mit ihm geschlafen hatte, um die Rolle zu bekommen, die von Ehrgeiz zerfressen wurde, diese läufige Hure unter ihrem Tschador mit ihrer epileptischen Diktion!

»Besorgst du's ihr von hinten?«

Oh Gott, warum hatte sie diese Frage gestellt, sie musste es mit Würde aufnehmen, das wusste sie doch, durfte nicht in diese Fallen tappen, diese unvermeidlichen Fragen: Macht sie Sachen, die ich nicht mache?, und all diese Tatsachen, die einen an den Rand des Wahnsinns treiben.

»Ich will es nicht wissen!«, fügte sie eilig hinzu. Warum eigentlich nicht France Meynard? Eine schlechte Schauspielerin, die ihm wie ein Klotz am Bein hängen würde, eine falsche Unschuld, die ihn bald für einen anderen sitzen lassen würde, der gerade in Mode war, die ihn ohne Gewissensbisse seiner Einsamkeit und seinen Schuldgefühlen überlassen würde – denn er fühlte sich schuldig, das sah man, er war weit davon entfernt, stolz zu sein, man konnte nicht sagen, dass er hier den großen Max markierte, was, der alte Eheknochen!

»Das ist mir egal!«, versetzte sie siegesgewiss – und weil sie noch nicht ganz damit fertig war, sich wehzutun, sich in den heikelsten Enthüllungen zu suhlen: »Geht es schon lange?«

Und er, dieser Schuft, der seine Ehre daransetzte, die Wahrheit zu sagen, endlich die ganze Wahrheit, in der heuchlerischen Hoffnung, dass diese plötzliche Offenheit alles andere ausgleichen, ihn von seinen früheren Lügen reinwaschen würde, er antwortete mit klarer, fester Stimme:

»Knapp zwei Jahre.«

Sie brach in Lachen aus, um nicht in Schluchzen auszubrechen. Die unfassbare Zahl, die entsetzliche Zahl breitete sich in ihrem Kopf aus und in ihrem ganzen Leben, alles zog ungeordnet und gleichzeitig an ihr vorbei: das Alter ihrer Töchter, als es angefangen hatte, die Ferien am Meer, die Hochzeitstage, der Ring zu ihrem Vierzigsten, das dritte Kind, um das er sie schamlos gebeten hatte, die Zeit, die sie darauf verwendet hatte, ihn zu ermutigen, seinen Krach mit dem Verwaltungsdirektor des Theaters auszubügeln, das Vorsprechen, das er angeblich mehrmals für die *Schule der Frauen* organisiert hatte, von dem er jedes Mal erschöpft nach Hause kam, und, wenn sie noch weiter ging, die plötzliche Lust, dieses Stück zu inszenieren, das ihm nie wirklich gefallen hatte … Nein! Besser aufhören, nicht mehr daran denken – aber in welcher Welt, in welcher Welt hatte sie seit zwei Jahren gelebt? Was hatte er sie ohne ihr Wissen durchleben lassen? Und warum hatte sie überhaupt nichts bemerkt? Wo lebte sie denn, in welcher Idealwelt, in welcher Seifenblase, in welcher Harmlosigkeit – um nicht zu sagen »Haltlosigkeit«? Und plötzlich war sie wütend auf sich selbst, sie selbst hatte sich zum Narren halten, hatte sich zwei Jahre ihres Lebens stehlen lassen. Zwei Jahre, wirklich? Und vor France Meynard?

Fassungslos, stumm starrte sie in die entsetzliche Leere, die sich vor ihren Füßen ausbreitete … Also ließ sie ihr eigenes Leben in der Amnesie versinken, denn alles, was sie erlebt hatte, war falsch, sie meinte als Paar zu leben und lebte doch allein, isoliert im Ungesagten, den Lügen und Taschenspielertricks.

»Du wirst verschwinden«, sagte sie ganz leise, fast tonlos, wie einen letzten Willen.

Sie hatte das Bedürfnis, alles zu reinigen: ihr Leben, ihre Wohnung, ihre Zukunft, alles mischte sich, alles war so unglaublich, so blödsinnig vermischt. Sie hatte Lust, mit ihren Töchtern zu leben, mit ihnen saubere Luft zu atmen, voller Verheißungen und Energie, etwas Ruhiges und Helles öffnete sich, etwas Sanftes und Wahres, dem sie entgegenstrebte.

»Du wirst verschwinden«, wiederholte sie wie eine Gewissheit, eine plötzliche Beruhigung.

Und da er nicht antwortete, sah sie endlich zu ihm auf, zu dem, was er geworden war, dieses ferne, erbärmliche Geschöpf, dieses Männlein ohne Talent und ohne Charme, dieser Fleck in ihrem Leben.

»Aber ich liebe dich«, sagte er mit belegter Stimme.

Sie bekam einen Schluckauf, lachte nervös, sie wollte die Schweinerei nicht verstehen, die er ihr da verpasste. Er wiederholte leise:

»Ich liebe dich. Niemals werde ich dich und die Kinder verlassen.«

Er lächelte sie an, ein regloses und selbstsicheres Lächeln …

Auf der Stelle beschloss sie, alles neu zu organisieren. Als Erstes: nie mehr neben Pascal schlafen, nie mehr seine Nähe, die geringste Geste der Intimität, eine spontane Regung erdulden müssen, nie mehr würde sie ihn ertragen, und die Heftigkeit ihres Abscheus überraschte sie selbst. Wie hässlich sie ihn jetzt fand – und tatsächlich hatte sich Pascals Haltung bereits geändert, er lief gebeugt, krumm, er hatte eine geradezu verklemmte Art, den Kopf zu senken, und sein Hintern! Sie war besonders von seinem Hintern abgestoßen, sie fand ihn schäbig, runzlig, behaart, und sie wunderte sich, dass sie so sehr daran dachte, dass sie besonders daran dachte.

Sie wurde von einer unglaublichen Energie gepackt, ihre Kräfte hatten sich vervielfacht, und sie verschob ohne Mühe mehrere Möbel, verschob allein Bücherregal und Anrichte, in kaum einer Stunde hatte sie das Wohnzimmer zweigeteilt, um dort ihre Ecke einzurichten, hatte ein improvisiertes Bett bereitet und ihren Schreibtisch aufgestellt.

Pascal sah zu, wie sie sich zu schaffen machte, schweigend und ohne Erstaunen, als hätte er eben das erwartet, als passte es zu seinen Plänen, und als sie sich müde in einen Sessel fallen ließ, bot er ihr höflich eine Tasse Kaffee an. Sie deutete sein Verhalten falsch und hielt es für einen Versuch, seinen Fehler wieder gutzumachen, sie spürte seine Unterlegenheit, lehnte den Kaffee ab und sagte, dass sie ausgehen und spät zurückkommen werde, dass er sich um die Kinder kümmern müsse. Sie wusste nicht, wohin sie gehen sollte, aber sie wollte neue Zeichen setzen, von nun an würden sie sich die Aufgaben teilen, sie würde keine Zugeständnisse mehr machen, er hatte von ihr keinerlei Anstrengungen mehr zu erwarten. Er willigte ohne Zögern ein, aber in seinem Gesicht machte sich ein kleiner Tick bemerkbar, das linke Augenlid zitterte, dann ging er langsam, mit gewollt lockerem Schritt zum Telefon und wählte eine Nummer.

»Ich bin's«, sagte er gleich darauf, und dieser Satz, so vertraut, fast intim, ließ Elisabeth zusammenzucken. Sie drehte sich zu ihm um, so heftig, als hätte er sie gestoßen. »Wart heute Abend nicht auf mich … reg dich nicht auf, hör zu … ich muss mich um die Mädchen kümmern … nein … nein, sie kann nicht. Ich habe ihr alles gesagt.«

Elisabeth war wie versteinert. Erstarrt vor dem Unfassbaren. Er telefonierte vor ihren Augen mit seiner Geliebten, er nahm sie zur Zeugin ihrer Beziehung und erzählte ihr in Elisabeths Beisein von ihr! So tief konnte er sie also in die Verzweiflung stoßen, er konnte neue Waffen erfinden, er war ruhig und geschickt in seiner Obszönität, es gab Stufen des Leidens, die er an ihr ausprobierte, sie war noch nicht fertig mit ihm, noch nicht fertig mit Erniedrigung und Angst – denn er machte ihr noch einmal Angst, und es war nicht mehr nur sein regloses Lächeln, das sie erschreckte, es war seine Beherrschung der Situation, als hätte er das alles schon einmal erlebt, als wäre es für ihn reine Routine, jemanden langsam zu töten.

»Wirst du auch im Beisein der Mädchen mit deiner Geliebten telefonieren?«, fragte sie ihn mit dem innigen Wunsch, ihm die Augen auszukratzen, ihn mit der Telefonschnur zu erwürgen, ihm den Kopf in den Brustkorb zu rammen.

»Lass die Kinder aus dem Spiel, bitte …«

Da verstand sie, dass die bloße Entscheidung, im Wohnzimmer zu schlafen, nicht ausreichte, um sie zu schützen. Er war bereit, sie als schlechte Mutter hinzustellen, jetzt war das Leben gegen sie, nichts würde mehr spontan oder natürlich sein, alles würde einen Doppelsinn, jede Handlung ihre Kehrseite erhalten, leben wurde gefährlich.

Sie wusste, was sie tun musste, jetzt, sofort, ohne Zeit zu verlieren und ohne Erklärungen zu geben. Sie ging hinaus, rannte die Treppe hinunter, rannte durch die Straße, wie eine Verfolgte, eine Frau, die ihre Haut retten will. In der Schule verlangte sie von der Hausmeisterin, sofort ihre Töchter aus dem Unterricht zu holen, die Frau sah sie von unten herauf an, versuchte zu verstehen, was es mit dieser von Panik erfüllten Mutter auf sich hatte, schickte sie lieber zur Direktorin (Abwehr, Rückversicherung, schon wieder stieß Elisabeth auf einen neuen Widerstand). Sie sah ein, dass es in ihrem Interesse lag, sich zu beruhigen, eine Mutter muss immer die Situation beherrschen, glatt und ohne Unebenheiten sein, sie betrat das Direktorenzimmer, wie man die Bühne betritt, schlüpfte in die Haut dieser Mutter, Prototyp der erwachsenen, mustergültigen Frau. Ihr Rollenspiel zahlte sich aus, und kurz darauf verließen sie zu dritt die Schule.

Im Foyer des Radiosenders warteten sie auf Clara. Die Mädchen stellten keine Fragen, aber Camille war ihrer Mutter böse, dieses Eindringen in ihr Schulleben war unerträglich, früher als die anderen, vor den anderen gehen zu müssen, war ein unglaublicher Gewaltakt. Elisabeth fühlte sich unwohl, sie wusste nicht, ob sie dabei war, eine riesige Dummheit zu begehen, oder ob sie gerade den einzigen Ausweg aus Pascals Falle gefunden hatte. Es war fast halb fünf, er würde die Mädchen in der Schule nicht finden, sie wagte kaum, sich seine Reaktion auszumalen, wozu wäre er wohl imstande, mit seinem neuen Phlegma, dieser absoluten Ruhe? Endlich erschien Clara im Foyer, sie glich wieder der jungen Frau, die Elisabeth im Theater kennen gelernt hatte – das genaue Gegenteil derjenigen, die im Wald von L'Aigle ihr Grauen offenbart hatte. Wie viele Häute besitzt eine Frau? Für welchen Schutz, welches Überleben? Einen Augenblick vergaß Elisabeth, weshalb sie da war, dann stürzte sie ihr entgegen und fragte sie mit hektischer Stimme, ob sie zu ihr kommen könnten.

Clara sah sie an, sah die Mädchen an, dieses orientierungslose Trio, diese drei aus dem Gleis geworfenen Leben, und verstand sofort.

»Weißt du, was du gerade tust?«

Elisabeth hatte auf sofortiges Verständnis gehofft, nicht auf eine Moralpredigt.

»Verlassen der ehelichen Wohnung. Kindesentführung. Ich bringe euch nach Hause.«

In der Wohnung erwartete sie Pascal, erwartete sie so sehr, dass er eingekauft hatte und das Abendessen vorbereitete. Er empfing Clara mit begeisterter Überraschung, nahm die Kleinen in die Arme, flüsterte ihnen übertriebene »Meine Liebsten, meine Schätze« ins Ohr, sie flüchteten sich schnell vor den Fernseher, dahin, wo man sie meistens in Ruhe ließ.

Elisabeth führte Clara in ihre neu eingerichtete Ecke, zu zweit war es eng, und schon wusste sie nicht mehr, was ihr Platz in dieser Wohnung war, der Raum passte ihr nicht mehr.

»Jetzt, nachdem wir die Mädchen zurückgebracht haben, gehen wir aus, und du kommst heute Abend zum Schlafen zurück.«

Elisabeth hatte keine Wünsche, keine Fragen mehr, sie war völlig aus der Bahn geworfen, als tauche sie aus einer

Krankheit auf … oder tauche eher darin ein, ja, tauche plötzlich ein in die Gesellschaft der Angeschlagenen, der aus der Spur Geratenen, in einen Ausnahmeclan.

»Ich wollte so gern ein Familienleben haben … Ich habe so sehr daran geglaubt, mir solche Mühe gegeben…«

Und diese Worte hallten so seltsam in ihr nach … Hatte sie das wirklich getan? Sich Mühe gegeben? Warum?

»Geh erst mal duschen, ich warte auf dich. Und schminke dich, mach dich schön, ich lade dich ins *Costes* ein.«

Elisabeth hatte nicht die geringste Lust, ins *Costes* zu gehen, dieses Lokal für reiche, schöne Bürgersöhnchen, man musste in Hochform sein, um im *Costes* zu essen, bei Kerzenschein, in der unechten Intimität der roten Salons, es erschien ihr unerträglich, Clara amüsierte sich über ihre verzweifelte Miene und forderte sie auf, ins Bad zu gehen.

»Stell dir keine Fragen! Mach dich schön und denke einfach an gar nichts!«

Genau das musste sie tun: einen Schritt nach dem anderen, ohne aufzublicken, ohne sich dem Schwindel auszusetzen vor der Höhe der Gipfel, ein mechanischer Schritt, automatisch wie das Atmen. Elisabeth gehorchte. Würde sie die Frau werden, die nichts mehr begreift, die man berät, die man tröstet und bemitleidet? Darüber würde sie morgen nachdenken … denn morgen würde nichts von all dem vergessen sein. Morgen würde sie die gleiche Wirklichkeit wiederfinden.

Während sie auf Elisabeth wartete, entdeckte Clara in der Zimmerecke das Szenario von *Paris-Casa*. Sie hob es auf, um es auf den Schreibtisch zu legen, dann blätterte sie achtlos darin, um sich die Zeit zu vertreiben, las die ersten Seiten und verspürte den Atem einer wunderbaren Geschichte.

CLARA HATTE SICH NIE AN DEN GERUCH in Emmanuels Wohnung gewöhnen können, den Geruch nach Katzenpisse, Feuchtigkeit und Staub. Sie hatte immer den Eindruck, dass in einer Ecke irgendwelche Essensreste verfaulten, dass die Abflüsse verstopft waren, es war ein verdächtiger Geruch, Rückstände von Rost und Verwesung. Warum merkte er das nicht? Wie ertrug er das? Offenbar nutzte die polnische Putzfrau, die zweimal in der Woche kam, die Situation aus, oder es war nichts mehr zu machen, der Dreck war so uralt, so eingefressen, dass allein der Abriss der Wohnung ihn beseitigen konnte.

Sie hatte Emmanuel Vernaud ein Jahr zuvor kennen gelernt, ein Freund hatte ihr von dem einstigen Deportierten erzählt, der im Lycée Chaptal sein Französischlehrer gewesen war und den er zufällig in einem Antiquariat wiedergetroffen hatte. Clara hatte zuerst an eine Reihe von Gesprächen mit Emmanuel gedacht, die sie dem Rundfunk vorschlagen wollte, aber da kannte sie den guten Mann schlecht. Erst mal hatte sie sechs Monate gebraucht, um akzeptiert zu werden, sie versorgte Emmanuel mit seltenen oder vergriffenen Büchern, rannte für ihn durch Antiquariate, Spezialbuchhandlungen und Raritätenmessen; dann, nach sechs Monaten Einkäufe und Recherchen hatte er ihr gesagt, dass er niemals über seine Erfahrungen im Lager sprechen werde, aber bereit sei, ihr seine Archive zu öffnen.

In einem eisigen, vollgestopften Zimmer, das eher einem langen Gang mit Neonlicht glich, standen wacklige Stapel mit zerrissenen und verstaubten Kartons, mit Zeitungen aus jener Zeit und Schriften von Emmanuel über seine politische Tätigkeit, über Buchenwald und seine Rückkehr aus der Deportation. Da Clara ihn nicht befragen durfte, hatte sie beschlossen, mit dem, was er geschrieben hatte, ein Buch zu machen, nicht nur über die Lager, sondern auch und vor allem über die Rolle der französischen Polizei während der Besatzung, denn eben die hatte ihn im Januar vierundvierzig über das Gefängnis in Fresnes und das Lager von Compiègne nach Buchenwald deportiert. Das müssen alle wissen, sagte sie. Aber es wissen schon alle, entgegnete Boris, der für sie eine lange Bibliographie von allem zusammengestellt hatte, was über das Thema geschrieben worden war. Darauf erklärte sie ihm, dass es kein Zufall sein könne, dass sie Emmanuels Weg gekreuzt habe, und dass sie diese Fügung des Schicksals nicht unbeachtet lassen dürfe. Jeden Mittwochvormittag ging sie zu ihm, und das Ritual war unveränderlich: Er *bot* ihr keinen Kaffee *an*, er hatte Kaffee *gemacht*, einen bitteren Kaffee, der seit Stunden in einer nicht sehr sauberen Tasse abkühlte, er sah mit einem Hauch von sadistischer Befriedigung zu, wie sie das Gesöff hinuntergoss, danach ging sie mit Übelkeit und Unbehagen allein in den Gang mit den Kartons.

Aber an diesem Morgen kam sie ohne Begeisterung zu dem ehemaligen Lagerhäftling, ohne den echten Wunsch, sich mit den Gespenstern der Vergangenheit auseinanderzusetzen. Am Vorabend hatte sie Elisabeth ins *Costes* geführt, und sie war noch immer von der Intensität dieses Abends durchdrungen. Ihre Begegnung mit dieser Frau hatte eine Bedeutung, sie spürte es: Als sie mit Boris den Pintertext übte, hatte sie die Rolle der Ruth gelesen, ihre erste Replik lautete: »Niemand da«, und sie hatte sich gefragt, wie man das sprechen sollte, es war doch so schrecklich … Von Elisabeth auf der Bühne gesprochen, hatte sie dieser einfache, schmucklose Satz zu Tränen gerührt. Die Verbindung war an diesem Abend entstanden, bei der ersten Replik, ohne ihr Wissen.

Im *Costes* hatte sie versucht, über das Szenario von *Paris-Casa* zu sprechen, aber Elisabeth wollte nicht an dieses Projekt denken, sie wollte das Unverständliche verstehen, wiederkäuen, was ihr weh tat, sie war besessen von einer Person ohne Bedeutung, einem Wesen ohne Persönlichkeit: France Meynard. Sie oder eine andere, das ist doch das Gleiche, hatte Clara gesagt, mach dich doch wegen ihr nicht fertig, sie ist es nicht wert. Und es hatte drei Gläser Champagner gebraucht, bis Elisabeth sich entspannte; hatte Clara den Champagner nicht bestellt, um das Ende der Lüge zu feiern? Man kann nicht ohne die Wahrheit und ohne das Wissen leben!, hatte sie geradezu feierlich erklärt, und in ihren Augen funkelte der Widerschein der Kerzen.

Aber an diesem Morgen, verloren, zögernd zwischen Emmanuels Papieren, erfuhr sie nichts über die Geschichte und auch nichts über sich, sie fühlte sich einfach fehl am Platz zwischen diesen Erinnerungen, die nicht ihre eigenen waren. War das alles nicht längst vorbei? Die Frage des absoluten Bösen, des Wahnsinns und des eigenen Erbes, musste Clara sie sich noch stellen? Würde es jemals eine Antwort geben? Einen Sinn in all dem? Sie setzte sich auf eine Kiste, starrte in den düsteren Gang, betrachtete die vergilbten Papiere, die zerknitterten Zeitungsausschnitte: Wer waren diese Männer auf den Fotos? Damals waren sie auf den Titelseiten gewesen, also waren sie wichtig ... Pétain, Laval, Darnand. Was blieb davon? Hatte man auch nur eine einzige Lehre aus der Kollaboration gezogen, aus unserer eilfertigen und erfinderischen Kollaboration? Was würde sie aus dieser monatelangen Archivarbeit mitnehmen? Was war das Menschliche in dieser Arbeit, was war das Menschliche bei Emmanuel? Sie hatte Lust, Boris anzurufen, ihm ihre Verzweiflung zu gestehen, aber konnte sie ihn anrufen, um wieder einmal ihre Zweifel und ihre Qualen herunterzubeten? Wäre er nach dem, was sie im *Wepler* gesagt hatten, noch bereit, ihr zuzuhören?

Der Gang war ein Vorzimmer. Aber wovor? Ein Durchgang. Aber wohin? Sie nahm eine alte, fast unleserliche Zeitung: Parlamentssitzung, Vertrag, Verhandlungstisch … Nie war von ihr die Rede oder von ihrer Geschichte. Und selbst das Foto der Milizionäre, die im Palais de Chaillot ihren Eid auf Pétain ablegten, selbst diese ausgebeulten Uniformen sprachen nicht von ihrem Großvater. Wer konnte ihr von Robert Mercier erzählen? Wie konnte dieser Nachname ihr Name sein? Wie konnte das 21. Jahrhundert noch immer seine Spuren tragen?

Sie legte die Zeitung hin, griff nach einem Packen Fotos, Gruppenfotos, auf denen sie die Gesichter kaum erkannte, nicht verstand, worum es ging, zu viele Unbekannte, verlorene Kämpfe: Aufmärsche, Transparente, gereckte Fäuste … Und plötzlich, zwischen diesen eher neutralen Aufnahmen, ein gestelltes, erstarrtes Foto: eine junge Frau. Eine junge Frau auf einem alten Foto. Sie glich den Heldinnen der vierziger Jahre, das gleiche lockige, nach hinten gebundene Haar, der gleiche kleine Spitzenkragen unter der dunklen Strickjacke, der gleiche gerade Rock, unter dem man die Waden ahnte und die gemusterten Strümpfe. Und auf ihren Rock hatte sie die Hand gelegt. Sie lächelte nicht, sie blickte mit klarem Blick ins Objektiv, sie hatte einfach nur die Hand auf das gelegt, was das Zentrum ihres Lebens war: das ungeborene Kind. Sie wies darauf. Sie wies darauf hin, dass man das sehen musste, dass dies ihre Wahrheit war. Clara drehte das Foto um:

kein Hinweis darauf, wer die junge Frau war, ihr fiel auf, dass alle anderen beschriftet waren, nur dieses nicht.

Emmanuel kam herein, ohne zu klopfen, wie üblich.

»Könnten Sie mir aus der Apotheke Ventoline holen, ich habe Angst, dass es mir ausgeht.«

Als sei ihr Einverständnis selbstverständlich, reichte er ihr das Rezept – sie machte oft solche kleinen Besorgungen für ihn, »da sie gerade da war«, wie er es nannte.

Er wartete nicht auf ihre Zustimmung und drehte sich mit schleifendem Schritt um, ein leises, mattes Geräusch auf dem klebrigen Linoleum. Sie steckte das Rezept in die Tasche, betrachtete immer noch das Foto der Unbekannten ... und das Foto zitterte in ihrer Hand. Warum? Warum das plötzliche Gefühl von Schamlosigkeit, von unbefugtem Eindringen? Sie wusste, dass Emmanuel verheiratet gewesen war und dann geschieden, dass er keine Kinder hatte. Wer war dann diese Frau? Was bedeutete das? Gar nichts, wiederholte sie sich selbst, überhaupt nichts ... und dennoch überschwemmte sie die Erregung, etwas brach sich Bahn, kam an die Oberfläche, es war fern, aber eindringlich, wie diese Träume voller Bedeutung, die einem beim Erwachen entgleiten. Dann steckte sie das Foto ein, zog den Mantel an, nahm ihre Tasche, verließ die Wohnung und knallte die Tür zu. Ja! Sie hatte die Tür zugeknallt, darüber lachte sie wie ein Kind. Wie sehr sie den Alten eigentlich verabscheute, den alten Geizhals, diesen Verdorrten, diesen Halbtoten.

Sie blieb vor dem Haus stehen, holte einen Stift aus der Tasche und schrieb auf die Rückseite des Fotos mit ungelenker, hastiger Schrift: *Isabelle.* Das war es! Genau das musste sie tun, jetzt wusste sie es, nur das war wirklich: Sie musste Isabelle wiederfinden, Elisabeth hatte Recht, Clara stammte von dieser Frau ab, auch von dieser Frau, vor allem!

Sie lief durch Paris, lange, schnell, als wollte sie ihre Grenzen erreichen und überschreiten, die überschüssige Energie und Ungeduld erschöpfen.

An der Île Saint-Louis blieb sie auf dem Pont Marie stehen, schwitzend unter ihrer Winterkleidung, ihr heftiger Atem stieg in kleinen Nebelwolken vor ihrem geröteten Gesicht auf. Sie zerriss das Rezept auf den Namen Emmanuel Vernaud in winzige Stücke, die weißen Konfetti fielen in die Seine. »Kein Ventoline zum Atmen mehr! Gar kein Medikament zum Atmen mehr! Kein Ventoline mehr!«, wiederholte sie wie eine Beschwörung.

Und als es vorbei war, überkam sie eine große Ruhe. Dann sah sie auf das Wasser des Flusses, das dunkle Wasser, das zu stehen schien und dennoch vorankam und das Meer erreichen würde, mit einer Langsamkeit und Sicherheit, von der niemand es abbringen würde.

Diesmal ging es nicht um Monsieur, aber es war eilig, Irène hatte Boris gerade angerufen, es sei etwas passiert, sie erwarte ihn, sie könne nicht allein bleiben, er solle sich gefälligst beeilen!

Als er ihre Wohnung betrat, sah Boris sie von oben bis unten an, warf einen Rundblick durch die Wohnung: Alles war an seinem Platz, alles schien wie immer ... aber Irène hatte geweint. Ihre Augen waren noch gerötet, und sie knetete ein großes kariertes Taschentuch in ihren ungelenken Händen.

Er ließ sich bewusst Zeit, ehe er fragte, was los sei, weil er meinte, etwas Gelassenheit reiche aus, um ihre Panik zu mildern. Sie sah ihn mit trauriger Zärtlichkeit an, und dieses plötzliche Mitleid beunruhigte ihn.

»Mein armer Kleiner ...«

Da erst dachte er an Clara – der Gedanke an sie drängte sich ihm auf, mit Gewalt, mit Entsetzen, wie hatte er nicht erraten können, dass es um sie ging, warum hatte es ihn nicht alarmiert, dass er seit dem *Wepler* nichts mehr von ihr gehört hatte?

»Wo ist sie?«, fragte er, und die Anwesenheit von

Irène, die nun auch noch auf ihn zu kam, war ihm unerträglich, er wollte kein Drumherumreden, er wollte die Wahrheit.

Sie reichte ihm eine kleine weiße Karte, mit einer Schrift bedeckt, die nicht Claras Schrift war, das bemerkte er sofort, ohne zu wissen, ob er sich darüber freuen sollte oder nicht. *Marius Monier ist in der Geriatrie im Tenon-Krankenhaus. Kommen Sie.* Ein paar Sekunden lang erinnerte er sich nicht, wer dieser Marius war, dieser Name, der plötzlich den von Clara auslöschte.

»Dein Vater lebt, Maurice ...«

Sein Vater? Was hatte der damit zu tun? Er las die Karte noch einmal. Natürlich, es ging um seinen Vater! Aber er war mehr an seinen lächerlichen Bühnennamen gewöhnt als an den anderen, dieses altmodische »Marius Monier«! Was für ein Witz, was für eine Katastrophe!

»Ist das deine große Neuigkeit? Mach ich mir deshalb seit deinem Anruf solche Sorgen? Du bist ja verrückt, meine arme Alte! Kannst du dir überhaupt vorstellen, was mir alles durch den Kopf geschossen ist? Offenbar hat der alte Henry Ancord aufgehört, sich zu amüsieren, na und? Regt es dich auf, dass er im Krankenhaus im Sterben liegt? Wovor hast du Angst? Wovor, gottverdammte Scheiße!«

Irène war an Boris' Wutanfälle gewöhnt, seit seiner Geburt hatte er Wutanfälle, als er klein war, brachte sie ihm warme Milch mit Honig, um ihn zu beruhigen, jetzt wartete sie nur noch schulterzuckend, dass es vorbeiging, aber sie fragte sich, wie Clara das aushielt.

»Wann hast du das bekommen?«, fragte er und wedelte mit der Karte vor ihrem Gesicht, als sei sie Schuld, weil sie die Post geöffnet hatte.

»Heute Morgen natürlich … Er lebt, begreifst du das? Mehr als vierzig Jahre hatte ich nichts von ihm gehört. Vielleicht hat er nicht selbst geschrieben, da ist eine Unterschrift, aber ich verstehe nicht von wem … ich verstehe überhaupt nichts, aber du musst hingehen, er hat sicher einiges …«

»Einiges zu sagen, das steht fest, Großmama, ein brandneues Testament und ein märchenhaftes Erbe, Tantiemen für seine tausend nie aufgenommenen Platten und seine Gewissensbisse als sterbender Papa! Ich habe ihn als originellen und unbekümmerten Künstler akzeptiert, als wunderbaren Versager, aber ein Tattergreis mit schlechtem Gewissen, das ist nichts für mich!«

Sie hatte Lust, ihn an sich zu drücken, die Hand auf seinen Dickschädel zu legen, hatte er sich diese Dünnhäutigkeit bewahrt, weil er ohne Eltern aufgewachsen war? Sie machte sich Sorgen um ihn, sie würde sich ewig Sorgen machen, denn er war niemals befriedigt, immer zwischen zwei Rollen, zwischen zwei Ängsten, auch wenn er sie zurückstieß, sie ging langsam auf ihn zu, wie man an ein junges Pferd herantritt, ohne heftige Bewegungen, ohne Hektik, und legte die Hand auf sein zartes und schon so lichtes

Haar. Er zuckte kurz zurück, dann sah er sie voller Groll an, aber dieser Groll galt nicht ihr, das wusste sie.

»Wenn ich gläubig wäre, würde ich dich segnen und dir befehlen hinzugehen.«

Darüber musste er lachen, ein Lachen wie ein Seufzer, ein Sich-fügen. So eine stures Weib, diese Irène, so was Hartnäckiges, aber manchmal tat es ihm so gut, von ihr angesehen zu werden, angesehen wie das Kind, das er nicht mehr war, mit dieser Nachsicht und der Liebe, die nichts fordert. Er wusste nicht, ob er es für sie oder für sich tun würde, aber er wusste, dass er hingehen würde. Aus Erbitterung, aus Verzweiflung, aus purer Neugier, grundlos vielleicht, aber er würde hingehen.

Das Krankenhaus betreten. Wie man das Anderswo betritt, ein unbekanntes Anderswo, in dem alles geschehen kann. Das Krankenhaus betreten und versuchen sich zurechtzufinden. Fragen. Suchen. Finden. Das richtige Gebäude, die richtige Station ... den richtigen Kranken. »Nur nicht den Falschen aussuchen«, sagte sich Boris, der nicht wusste, wen genau er besuchen kam, was er von dieser Begegnung erwartete, ob er überhaupt etwas erwartete, ob die Begegnung überhaupt stattfinden würde. Er strebte dem Geheimnis zu, diesem Marius-Henry, diesem Monier-Ancord, diesem Kauz, von dem er nicht einmal wusste, ob er seine Mutter glücklich gemacht, ob er ihm etwas vererbt hatte ... die Farbe der Augen oder die der Haut, eine Art, sich zu bewegen oder zu schweigen, oder einfach nur die Sehnsucht nach der Bühne? Dieser Engel, der ihn begleitet hatte, ohne es zu wissen, dieser Angelli auf seiner Schulter, warum nahm er plötzlich Gestalt an? Warum hatte er Boris nicht mit seinem Traum in Ruhe gelassen, Boris, der sich viel leichter an die Abwesenheit gewöhnt hatte als an diese unverhoffte Präsenz?

Das Krankenhaus roch nach Desinfektionsmittel, und dieser falsche Geruch von Sauberkeit legte sich ihm auf die Brust. Das Krankenhaus ist voll von Dingen, die angeblich den Tod bekämpfen, aber es wird von Krankheiten, Infektionen und Wundbrand heimgesucht, Scheiße und Blut begleiten den Schmerz. All das nahm Boris wahr, während er durch die langen anonymen Gänge lief.

Er rechnete mit allem, mit allem und nichts, man würde ihm sicher einen Alten in einem Bett zeigen, und dieser Alte würde sein Vater sein.

Er musste des Schild am Stationseingang nicht lesen, um zu erkennen, dass er bei der Männergeriatrie angekommen war. Halb zerstörte, halb bekleidete Gestalten bewegten sich wie Schatten. War sein Vater vielleicht dieser gebeugte, zitternde Alte im Rollstuhl, der von einem eiligen jungen Mädchen geschoben wurde? Oder der da, etwas weiter weg, der sich an das Geländer klammerte und dessen befleckter Pyjama den Hintern nur unvollständig bedeckte? Er sah auf die Türen, die den grauen Gang säumten, suchte das Schwesternzimmer. Und wenn ich fliehe, sagte er sich plötzlich, wenn ich vor seinem Tod fliehe, wie er vor meiner Geburt geflohen ist? Wenn ich Irène erzähle, dass ich einen tollen Siebzigjährigen getroffen habe, ganz sauber, ganz rosig, der mit dem Sterben darauf gewartet hat, mir die Hand zu drücken und in dessen letzten Seufzer ich ein erlösendes »Ich liebe dich« vernommen habe? Warum sollte er den Mythos zerstören, dem Angellischwarm die Flügel stutzen …? Aber mein lieber Kleiner, du kannst tun, was du willst, du kannst sagen, was du willst, du bist nicht der Sohn eines Engels! Du bist aus einem fröhlichen Orgasmus ohne Pille und ohne Gummi entstanden, dich hat ein glücklicher Mann gemacht, der sich in deine Mutter ergossen hat und dann pfeifend davongegangen ist, ohne sich umzudrehen. Und genau das erschreckte Boris, diese allzu menschliche Banalität. Er hatte sich immer als ein Mensch mit einem besonderen Schicksal angesehen, fühlte sich manchmal seinen Freunden überlegen, er, der Waisenjunge, der Künstlersohn, der Sternenstaub. Und heute würde er sein wie die anderen, würde er einen zahnlosen Alten anlächeln, würde er seine Hand tätscheln und kaum den Mut haben, sich zu ihm zu setzen, aus Widerwillen, aus Feigheit? Das Krankenhaus ist der Ort erbarmungsloser Gleichheit. Alle gleich. Alle leidend und auf dem Weg. Die Söhne sehen die Väter sterben, und die Väter sehen die Söhne leiden, das ist der Lauf der Dinge.

Endlich fand er das Schwesternzimmer. Eine Praktikantin (darauf wies der Anstecker über ihrer Brust hin), eine Praktikantin machte einen Verbandswagen sauber. Er sah sie an. Sie war die Botin, die ihm das Zimmer verkünden würde, die Nummer, den Vater.

»Suchen Sie etwas?« Ihre Stimme war sanft, beinah schüchtern.

»Ich suche jemanden ...«

Sie sah mit fragender Miene zu ihm auf, er ballte die Fäuste in den Taschen und sprach den fernen Namen aus:

»Marius Monier.«

Sie wirkte erstaunt. Offensichtlich sagte ihr der Name nichts. Das war ihr peinlich, und sie errötete leicht, wischte sich die Hände ab, um in ein großes Heft zu sehen, sprach leise vor sich hin: »Marius Monier Marius Monier Marius Monier ...«, und das bedeutete überhaupt nichts mehr. Boris' Herz würde zerspringen, ganz sicher, seine Arterien und Venen würden dem Druck nachgeben wie ein überlasteter Staudamm.

»Monsieur Monier ist heute morgen verstorben, es tut mir sehr Leid«, sagte sie mit leiser, heiserer Stimme, sichtbar noch nicht daran gewöhnt, solche Mitteilungen zu machen – und weil das normalerweise den Beileidsbekundungen voraus ging: »Gehören Sie zur Familie?«

Zur Familie? Boris zögerte, blickte sich hilfesuchend um ... ein offener Medikamentenschrank, Spritzen voller Blut, an die Wand geklebte Ansichtskarten ... Sie wiederholte:

»Gehören Sie zur Familie?«

Natürlich! »Zur Familie«! Überführung des Körpers, Bestattung, Grabstelle und das ganze Theater, das alles würde man ihm aufladen, die Akte Monier, ab zum Leichenschauhaus und Papiere unterschreiben, deswegen hatte man ihn also benachrichtigt: Abholung störender Objekte! Und er hatte sich eingebildet, dass sein Vater nach ihm verlangte! Heilige Unschuld, was war er doch für ein Baby voller Illusionen! Was für ein Idiot, ja!

»Nein, ich gehöre nicht zur Familie.«

Er hasste sich und hasste dieses Mädchen, das so jung war und auf einer Altenstation arbeitete, er hasste diesen Henry Ancord, der seinen Abgang verpatzt hatte, er hasste sein Leben und das ganze Universum, er machte kehrt und ging hinaus, stieß gegen einen großen Kerl, der mit Akten beladen war. Er erstickte unter der Last der Ungerechtigkeit und der Enttäuschung, also hatte er einfach nur eine Verabredung mit dem Tod gehabt, die verfluchte Tarotkarte war wieder mal für ihn aufgetaucht, ein Zeichen, dass er immer unter der Geißel von Abwesenheit und Flucht leben würde. Wie sehr wünschte er sich jetzt, den alten Mann getroffen zu haben, der sein Vater gewesen war, um ihm gleichzeitig guten Tag und auf Wiedersehen zu sagen, er hätte ihm ein Lied von Chevalier vorgesungen, wie jeder Maurice, der etwas auf sich hält …

»Entschuldigung! Entschuldigung!«

Gut, gut! Man rannte ihm hinterher, man wollte wirklich, dass er sich um die Leiche kümmerte, aber er hatte all diese Leichen satt, er wollte ein Kind zeugen und großziehen, es in die Höhen ziehen, warum verfolgte man ihn auf dieser Totenstation? Der große Kerl mit den Akten, gegen den er im Rausgehen gestoßen war, hatte ihn eingeholt.

»Entschuldigen Sie. Kennen Sie Maurice Pichon, den Sohn von Monsieur Monier?«

Das war alles so erbärmlich! Boris hätte lachen mögen, mein Gott, was für eine Farce! Maurice Pichon! Nein, Maurice Pichon kenne ich nicht, offenbar ein Junge, der von der Großmutter aufgezogen wurde, von Citroën genährt, ein kleiner einsamer Prolet ... kenne ich nicht mehr. Und er, dieser Kerl in Weiß, wer war das? »Régis Noé. Arzt in Ausbildung«, las er auf dem Anstecker, dem berühmten Anstecker, der sie alle mit einem Etikett versah, damit man sich in der Hierarchie, der Krankenhauspyramide zurechtfand. In Ausbildung. Das wäre er auch gern, unfertig, nicht zuständig, nicht von diesem Tod am Morgen betroffen.

»Woher wissen Sie, dass er einen Sohn hat?«

Er war imstande, dem Kerl die Fresse einzuschlagen, ihn für seinen Überdruss und seine Verzweiflung verantwortlich zu machen.

»Kann ich Sie einen Moment sprechen?«, fragte der berühmte Régis vorsichtig.

»Ich habe es sehr eilig.«

»Ich verstehe …«

Er senkte den Kopf, schien verlegen, hin- und hergerissen zwischen dem Arztgeheimnis und der Offenbarung, zwischen Vorsicht und Geständnis. Und plötzlich wollte Boris es wissen.

»Woran ist er gestorben?«

»Gehören Sie zur Familie?«

Das war ja wirklich schlimmer als die Mafia hier, kannten sie vielleicht auch das Wort »Freund«, das Wort »Liebe« und all die anderen Bindungen, die die Menschen jenseits des Stammbuchs vereinen? Aber der andere wollte gern sprechen, wollte mit irgendjemandem über Monier sprechen.

»Er ist an einer Lungenembolie gestorben. Im Frühherbst kam er wegen einer schlimmen Bronchitis, und dann … weil er liegen musste, verstehen Sie, natürlich … bei dem Leben, das er geführt hat …«

Na prima! Man warf ihm ein paar Krümel hin, bot ihm zwei, drei Worte, die sein Gewissen wecken sollten, aber das verdunkelte die Umrisse dieser Person nur noch mehr.

»Ich verstehe«, sagte Boris, der immer weniger verstand.

»Sein Organismus war abgenutzt, ja … Jedenfalls haben ihn alle hier geliebt, er verbreitete überall Freude, wo er war, das war ein …«

Er fand nicht das richtige Wort, und Boris merkte nur, dass er eifersüchtig war, eifersüchtig auf diesen Kerl, der seinen Vater an seiner Stelle geliebt hatte und der ihm vielleicht das bisschen Zuneigung geraubt hatte, das jener zu geben hatte.

»Ich habe seinem Sohn geschrieben, Marius erinnerte sich, dass er Place Clichy wohnte, ich habe über Minitel die genaue Adresse gefunden.«

So ein Elend! Man hatte 36 11 gewählt und ihm geschrieben, wie poetisch und beruhigend das alles war! Und dieser Wurm, der ihn »Marius« nannte, als wären sie zusammen im Krieg gewesen!

»Wenn Sie seinen Sohn sehen, sagen Sie ihm, dass die Emmaus-Brüder Marius am Donnerstagmorgen um zehn Uhr auf dem Friedhof Père-Lachaise zur letzten Ruhe tragen.«

»Die Emmaus-Brüder?«

Der zukünftige Arzt sah Boris misstrauisch an:

»Aber Sie wissen doch sicherlich, dass er seit über zwanzig Jahren zu ihrer Gemeinschaft gehörte … oder nicht?«

Schon tat es ihm Leid, dass er seine Zeit mit diesem Typen vertan hatte, der nicht nur kein Familienangehöriger war, sondern offensichtlich rein zufällig hier, und der nichts mit Marius zu tun hatte, dem Maskottchen der Station. Er zuckte mit den Schultern und ging zu seinen Akten zurück – Untersuchungen, Prognosen, Protokolle.

Boris blieb allein mit seinen Fragen, seinen schrecklichen Fragen, die er nie mehr stellen würde: Kannte sein Vater ihn? Hatte er ihn manchmal vor der Schule beobachtet? Hatte er ihn im Fernsehen gesehen, ihm im Theater Beifall geklatscht? Mit einem Wort: Liebte er ihn?

Aber das war in ihm vergraben wie eine tiefe Wurzel, in sein Fleisch geritzt wie ein Schrei, und er blieb stumm, fassungslos am Ende des Stationsflurs der Männergeriatrie stehen, verloren wie ein leichtsinniges Kind, das in der Menge die Hand des Vaters losgelassen hatte … aber der Flur war leer, Boris war kein Kind mehr, und er hatte nie die Hand seines Vaters gehalten.

Boris ging nicht zur Beisetzung. Er wollte nicht hören, wie dem Mann die Ehre erwiesen wurde, der ihn verlassen hatte, er wollte keine Unbekannten an seinem Sarg weinen sehen, aber er wusste auch, wenn ein Unbekannter in der Menge wäre, dann würde er es sein, er allein.

Am Vorabend der Beisetzung hatte er Clara angerufen. Er wollte, dass sie am Donnerstag um zehn Uhr bei ihm war, dass sie ihn langsam bis Donnerstag um elf Uhr begleitete, bis Donnerstag Mittag, und dass alles vorbei war.

Als er ihr an diesem Morgen die Tür öffnete, fiel ihm auf, wie schön sie war … Wie lange war er nicht mehr von ihrer Schönheit überrascht worden, wie hatte er sich so leicht daran gewöhnen können? Sie war schön, aber ein wenig distanziert, sie setzte sich ins Wohnzimmer wie ein Gast, sie gab sich Mühe, entspannt zu erscheinen.

»War es dir vielleicht unangenehm zu kommen?«

»Ich glaube, ich wäre lieber mit dir zur Beisetzung gegangen.«

»Darüber reden wir nicht mehr«, sagte er, um die Sache klarzustellen, sehr hastig, mit fiebernder Entschlossenheit.

Und weil sie sich so viel zu sagen hatten, weil sie nicht mehr wussten, wie sie es anfangen sollten, weil sie sich auf so dünnem Eis bewegten und einander seit einer Woche nicht gesehen hatten, breitete sich Schweigen zwischen ihnen aus.

Da holte Clara das Foto der Unbekannten aus ihrer Tasche und reichte es Boris. Er sah es verständnislos an, las den Namen auf der Rückseite, drehte es noch mal um …

»Ich gehe nicht mehr zu Emmanuel.«

Anstatt sich darüber zu freuen, wurde er argwöhnisch. Er, der dem alten Fuchs immer misstraut hatte, war nun auf der Hut. Weshalb diese Laune, diese plötzliche Entschlossenheit?

»Und das Buch? Wirst du das Buch schreiben?«

Sie zögerte. Darum ging es doch gar nicht, das war nicht die Frage, die er hätte stellen sollen, sie war enttäuscht, beinah verärgert.

»Aber das Buch ist doch unwichtig.«

Er lachte los, er war einfach platt. Seit einem Jahr lag sie ihm mit diesem Buch über die Miliz in den Ohren, mit diesem alten Kommunisten, der nie gekämpft hatte, diesem Deportierten ohne Erinnerung, und jetzt wagte sie es, ihm geradezu herablassend zu sagen, dass all das unwichtig sei! Er stand auf, um Kaffee zu kochen.

Er hatte nichts zu dem Foto gesagt. Sicher hatte er es ihr übel genommen, überlegte sich Clara, sicher war es ungeschickt von ihr gewesen, ihm diese schwangere Frau zu zeigen, das hatte ihn verletzt, sie ärgerte sich über sich selbst und folgte ihm in die Küche.

»Wie geht es Irène?«, fragte sie, damit sie nicht mehr von sich sprechen mussten, sich nicht mehr so seltsam fremd fühlten.

»Diese Geschichte hat sie mitgenommen. Ich spüre, wie zerbrechlich sie ist, sie macht mir etwas Sorgen. Weißt du, was gut wäre? Wenn ich jemanden finden würde, der sich um sie kümmert und ihr vorliest, sie sieht immer schlechter, aber das Problem ist, dass die Haushaltshilfen immer so … beschränkt sind und so … zickig. Sie gehen Irène total auf den Geist, anders kann man es nicht sagen.«

Na bitte … Sie hatten von etwas anderem gesprochen. Etwas schneller, etwas natürlicher als von sich, und das hatte ihnen beim Atmen geholfen.

Jetzt starrte jeder auf seine Tasse, die Erregung tief im Bauch, gemischt mit der Scham, die sie daran hinderte, sich zu öffnen, und auch mit der Angst, es könnte schlecht ausgehen.

»Wie steht es mit *Don Juan*?«

»Es scheint was zu werden, ich hoffe nur, dass er nicht France Meynard als Elvira engagiert.«

»Was machst du, wenn sie für die Rolle genommen wird?«

»Ich spiele trotzdem, natürlich, außerdem ist die

wichtigste Figur neben Don Juan nicht Elvira, sondern Sganarelle!«

Er hatte das stockend, angespannt hervorgestoßen, sie hatte sich nicht einzumischen, er stand zu seinen Widersprüchen.

Sie tranken langsam den Kaffee, nachdem sie ewig mit dem Löffel umgerührt hatten, was ein leises, einsames Geräusch im Wohnzimmer erzeugte, und Boris stand auf, um eine Platte aufzulegen. Er achtete darauf, eine Musik ohne gemeinsame Erinnerungen auszuwählen, und griff nach dem neuen Idir, denn sie hatten ihn noch nicht zusammen gehört. Aber Idir war nostalgisch und zerrissen, seine Lieder erzählten von einem verlorenen Anderswo, deshalb sprachen sie weiter, um die Melodien zu übertönen.

»Dein Vater sang nicht mehr, also ... Ich meine ... sein Bühnenname ... Kannte ihn das Krankenhaus nicht unter seinem Bühnennamen?«

Er begriff, dass sie die Situation zu retten versuchte und wie auf Zehenspitzen ging, ihre Unbeholfenheit war rührend, auch etwas störend. Er wollte nicht weich werden. Er wollte nicht über die Person seines Vaters nachdenken und versuchen, wie ein gewiefter Kommissar die Bruchstücke zusammenzusetzen, er wusste, dass ihm die Wahrheit immer entgleiten würde und dass er sich nicht in ihm wiedererkennen konnte.

»Die Vergangenheit interessiert mich nicht.«

Sie glaubte, er spiele auf das Kind an, er wolle klarstellen, zu Ende bringen, was er im *Wepler* begonnen hatte. Sie stellte die Tasse ab, die in ihren Händen zitterte. Nicht weinen, bloß nicht weinen, sie war da, um ihn zu unterstützen, während sein Vater beerdigt wurde, aber der Kloß in ihrem Hals würgte sie wie eine Hand, die Gitarre und das Cello verschmolzen mit der sanften, hohen Stimme des kabylischen Sängers, und sie hatte Lust, sich zu Füßen der Instrumente auszustrecken und dem Kummer hinzugeben. Aber das gehörte sich nicht. Nicht mal vor dem Mann, der seit fünf Jahren ihr Liebhaber war?

»Ich will dich nicht verlieren, Clara …«

Sie hätte unverfängliche Worte vorgezogen. Sie biss sich in die Hand, sie bezwang sich, um nicht in tausend Stücke zu zerspringen wie eine eingeschlagene Fensterscheibe. Sie musste ganz bleiben. Fest.

»Ich kann ein Kind mit einer anderen Frau haben und … und dich nicht verlieren.«

»Hör auf!« Die Heftigkeit ihres Schreis ließ sie auffahren und überraschte sie selbst. »Hör auf! Versuch nicht irgendwas zu erfinden, um dich aus der Affäre zu ziehen. Man macht nicht ein Kind mit einer Frau und lebt mit einer anderen oder sogar mit zweien, erzähl mir nicht, dass du imstande wärst, dich damit abzufinden, erzähl mir nicht, dass du nicht mehr taugst als die ganzen Typen, die sich mit noch verworreneren Situationen arrangieren, ihr seid alle Schlangen, Kriechtiere, Betrüger und Mörder!«

Und jetzt konnte sie nichts mehr am Reden hindern, nichts konnte ihren Zorn mehr bremsen, sie war auf Boris wütend und auf Pascal, sie warf zusammen, was Elisabeth erlitt und was Boris vorhatte, und außerdem, vor allem, hasste sie das Kind, das es nicht gab, aber das sie schon zerstörte.

»Nur zu! Pflanz dein kleines Samenkorn, mach ein Kind, lehr es Feigheit und Kompromiss, sag ihm, wie du seine Mutter mit einer Garage verwechselt hast, wie du von einer Frau zur anderen gerannt bist, ein Schuss nach rechts und ein Schuss nach links, ein produktiver Schuss und einer umsonst, wie du die Stute umworben und die Sterile beruhigt hast, wie rücksichtsvoll du mit der alten Geliebten und mit der neuen Erzeugerin umgegangen bist, und dann mach endlich diese unerträgliche Platte aus.«

Ihr Fuß trat heftig gegen den Lautsprecher, Boris, der bisher ihren Zorn ertragen hatte, ohne zu reagieren, sprang auf. Er packte sie am Handgelenk, hob sie beinah hoch, er hatte ihr niemals wehgetan, und diese Brutalität brachte sie zum Weinen. Endlich. Er ließ sie los, und sie ließ sich fallen, als hätte er den letzten Faden durchgeschnitten, der sie mit der Erde verband.

Sie schluchzte jetzt, zusammengesunken, den Kopf zwischen den Knien, und ihr langes Haar bedeckte sie ganz und gar.

Er sah sie an, ohne ein Wort, ohne ein Gefühl – höchstens ein bisschen Neid: Er hätte auch gern seinen

Schmerz gezeigt, aber er konnte niemals weinen, immer nur wütend werden.

»Ich wollte dir nur sagen, Clara, dass ich mir niemals vorstellen könnte, dass du nicht mehr in meinem Leben bist.«

Und er war erstaunt, diese Worte ausgesprochen zu haben, erstaunt über dieses Leiden zwischen ihnen, diese neue Intensität.

»Ich will nicht zwischen einem Kind und dir wählen. Ich will euch beide, auch wenn du es nicht trägst. Verstehst du?«

Er kniete sich vor sie, drückte ihren Kopf an seine Brust, atmete den Duft ihrer Haare, und zum ersten Mal hatte er Lust, sich an sie zu binden, ihr Mann zu sein, ihr Bezugspunkt, ihr einziger Ausweg.

»Gib mir ein Taschentuch ...«

Sie hatte nie ein Taschentuch, und ihre tiefsten Verzweiflungsausbrüche endeten immer mit diesem höchst prosaischen Befehl. Er gab es ihr, sie putzte sich kräftig die Nase, wie ein Mann, da kannte sie keine Hemmungen, und er liebte das, ihre Hingabe an den Schmerz – aber er wusste, dass er sie nicht ansehen, nicht in das von Tränen verwüstete Gesicht sehen durfte. Er setzte sich neben sie und nahm ihre Hand, spielte mit ihren Armreifen, ohne darüber nachzudenken, eine kindliche Regung, eine Gewohnheit.

»Aber ... mit wem willst du das Kind denn haben?«

»Ich weiß es nicht. Mit der ersten Stute, die vorbei kommt, vielleicht…«

»Du bist ein alter Widerling…«

Und er spürte, dass sie ihm nicht mehr böse war, auch wenn dieses Vorhaben eines künftigen Kindes weiter als Gefahr über ihren Köpfen schweben würde.

»Wie spät ist es?«

Er sah auf die Uhr.

»Fünf nach elf. Glaubst du, die Beisetzung ist zu Ende?«

»Ich weiß nicht, ich habe keine Erfahrung mit Beisetzungen. War er religiös?«

»Bestimmt.«

»Wenn die Beisetzung vorbei ist, können wir uns auch hinlegen, glaubst du nicht?«

Er verschlang seine Finger mit Claras, ihre Ringe taten ihm etwas weh. Ja, es war gut, sich zu lieben, direkt nachdem sein Vater begraben worden war, und ohne ihn zu kennen überlegte er sich, dass auch ihm diese Vorstellung womöglich gefallen hätte.

Er stand auf, hielt sie immer noch an der Hand, und im Schlafzimmer zog er die Vorhänge zu, um ihr Gesicht nicht zu sehen, wie eine orientalische Braut, diese geheime Clara, diese weniger schöne Clara, die einzige Frau, die er jemals geliebt hatte, auch wenn er es nicht wusste.

Für Elisabeth hatte sich alles geändert. Ihr friedliches Leben war ein Chaos geworden, ihr Mann der Feind, ihre Kinder das Faustpfand der Erpressung. Oft versuchte sie beim Aufwachen, wenn in ein paar Sekunden alles an ihr vorüberzog, Bilanz zu ziehen. Da war zunächst ihr Bett im Wohnzimmer, diesem ungewohnten Raum, der sie jeden Morgen daran erinnerte, dass etwas nicht in Ordnung war. Dann schossen ihr grausame Worte durch den Kopf: France Meynard, Geliebte, Scheidung, und die Wirklichkeit holte sie ein. Dieser Druck hatte nichts mit den Träumen der Nacht zu tun, alles war real, und nun musste man mit dieser Wahrheit aufstehen. Sie versteckte den Kopf unter der Bettdecke und wollte erst wieder auftauchen, wenn alles vorbei, wenn die Bahn endlich frei wäre. Sie hätte gern den Winter so verbracht und die Welt ringsum jammern lassen, sie hätte sich gern ganz sanft in der Wärme ihres Bettes sterben lassen, aber Camille und Elodie kamen jeden Morgen und verlangten ihre Schale mit Cornflakes, und die Schale mit Cornflakes um sieben Uhr fünfzehn rettete sie. Die Schale mit kalter Milch war die erste Handlung am Morgen, danach musste man nur weitermachen, und der Tag entfaltete sich ungerührt, unvermeidbar vor ihr, und man musste durchhalten, um pünktlich zum Unterrichtsschluss an der Schule zu sein und die Schale mit Cornflakes um halb fünf zu servieren.

Als sie an diesem Morgen von der Schule kam, traf sie beim Zeitungshändler Leïla. Die hübsche Marokkanerin las *Studio*, ohne sich um die ärgerlichen Blicke des Händlers zu kümmern, sie studierte sorgfältig die Artikel, offenbar hatte sie alle Zeit der Welt. Elisabeth trat hinter sie und tippte ihr auf die Schulter:

»Arbeitest du heute nicht?«

Leïla drehte sich um, lächelte, als wäre Elisabeth das achte Weltwunder, und verkündete strahlend:

»Ich habe keine Arbeit mehr.«

Elisabeth sah sie neidisch an. Das müsste ihr auch eines Tages gelingen, mit dieser Fröhlichkeit und diesem Leuchten zu sagen:

»Ich habe keinen Mann mehr!«

Sie gingen ins Bistro gegenüber, um einander alles zu erzählen. Dort war es nicht sehr warm, aber man fühlte sich wohl, ein bisschen wie in einer Dorfkneipe, es war der Mittelpunkt der Welt, hier wurden die wichtigsten Probleme diskutiert: Sportresultate und die Skandale der Fernsehstars. Diese Betrachtung der Welt aus der Perspektive der Belanglosigkeiten, die Dreistigkeit, mit der man offene

Türen einrannte, das war eine Art, das Leben zu ignorieren, die den beiden Frauen an diesem Morgen absolut gelegen kam.

»Diese Typen sind bescheuert, ein Glück auch!«, sagte Elisabeth.

»Als ich das erste Mal hier meinen Kaffee getrunken habe, hat mich die Wirtin für eine Illegale gehalten und mir angeboten, schwarz für sie zu arbeiten.«

»Eine Halunkenbande, das sage ich dir! Na, bei denen bin ich mir sicher, dass sie nachts gut schlafen ... Apropos, hast du deinen Hoteljob geschmissen? Das wird deinem Betreuer gar nicht gefallen!«

Leïla war in Kinderheimen und Pflegefamilien aufgewachsen, und bis sie einundzwanzig war, kümmerte sich das Jugendamt um sie, aber sie hatte nur noch wenig Zeit, um Arbeit zu finden, ihr Geburtstag war in drei Monaten. Dann würde es heißen: ein Arbeitsvertrag oder die Straße. Sie träumte davon, Kosmetikvertreterin zu werden, eine Ausbildung als Kundenberaterin zu absolvieren und Make-up zu verkaufen, an die Schönheit zu denken, nur noch an die Schönheit. Elisabeth ärgerte sich über sich selbst, aber irgendwie beneidete sie Leïla, ja, sie beneidete dieses Mädchen, dessen Kindheit voller Fallstricke gewesen war, aber deren Hoffnungen so klar und rein waren. Sie selbst würde niemals zufrieden sein. Mit gar nichts.

Ein junger Mann betrat die Bar, ziemlich mager,

kleine runde Brillengläser und Basecap. Elisabeth hatte ihn schon vor einer Weile bemerkt, denn er hatte gegenüber an der 19 geklingelt, ihrem Aufgang, anscheinend ohne Erfolg und ohne den Code zu wissen, denn er hatte das Haus nicht betreten. Er sah Elisabeth überrascht und verlegen an, die beiden Frauen kicherten wie Teenager. »Den hat's erwischt!«, sagte Leïla. Er schien hin- und hergerissen, zu ihnen zu kommen oder sofort wieder zu verschwinden. »So, wie ich im Moment aussehe, kann ich bestimmt niemanden verführen«, sagte Elisabeth leise, sie erkannte den aufgeregten und etwas lächerlichen Typen nicht.

Mit plötzlicher Entschlossenheit machte er die Tür hinter sich zu und stürzte zu ihrem Tisch, wie man aus dem dritten Stock springt, mit einem Satz und ohne Luft zu holen. Er lächelte Leïla flüchtig zu, streckte Elisabeth eine eiskalte Hand entgegen und murmelte:

»Benoît Fournier.«

Sie warf Leïla einen Blick zu, dieser Name sagte ihr überhaupt nichts.

»Clara Mercier hat mir Ihre Adresse gegeben.«

Ein Journalist? Vielleicht ein Schauspieler … Ein Steptanzlehrer! Camille wollte doch steppen lernen.

»Setzen Sie sich«, sagte sie, um die Nervosität des Jungen etwas zu dämpfen, und plötzlich fiel es ihr ein: Ja! Benoît Fournier! *Paris-Casa.* »Ich habe das Manuskript bekommen. Ich werde es lesen … Ich werde es lesen, ich verspreche es Ihnen ...« Und sie dachte, wenn er in der Schauspielerführung genauso begabt ist wie beim guten Tag sagen ...

Er setzte sich, bestellte einen Calvados, die Frauen stießen sich unter dem Tisch an, es war schwer, ihn ernst zu nehmen, er hatte eine Art, die auch die angespannteste Atmosphäre entspannte, die Traurigsten aufheiterte.

»Ich erzähle Ihnen meinen Film, ja? Ich erzähle Ihnen meinen Film, denn die Hauptrolle sind Sie. Ich habe Sie gesehen ...«

»Nein! Erzählen Sie mir nicht wie alle Jungen Ihrer Generation, dass Sie als kleiner Junge jeden Abend *Week-end à cinq* gesehen haben und dass ich Sie durch Ihre Kindheit geleitet habe, das demoralisiert mich, Sie können es sich nicht vorstellen, und ich habe inzwischen so viel anderes gemacht, viel interessantere Sachen, das können Sie mir glauben!«

Sie drehte ihr Haar zu einem Knoten und betrachtete ihn ungeduldig, sein Manuskript war mit der entsetzlichen Szene verbunden, die sich zwischen ihr und Pascal abgespielt hatte, und instinktiv misstraute sie ihm, wie sie jetzt allem und jedem misstraute. Er hüstelte kurz, starrte dann leidenschaftlich auf sein Glas und löste den Blick nicht mehr davon.

»Catherine, Ihre Rolle ...«

»Meine« Rolle! Er hat keine Ahnung, sicher gehört er zu den Halunken, die ganz Paris von ihrem Casting erzählen, ehe sie überhaupt mit den Schauspielern gesprochen haben!

»Catherine ist Französischlehrerin, geschieden, Mutter von zwei Kindern ...«

Prima! Ein Psychodrama! Wenn Pascal Eric von unserer Trennung erzählt hat, bringe ich ihn um.

»Ich habe das Gefühl, Sie hören mir nicht zu ...«

»Ich kann nicht jemandem zuhören, der zu einem Glas Calvados spricht. Schauspieler sind eigentlich Menschen, die man ansieht, wussten Sie das?«

Daraufhin sah er sie an. Einen Moment war er still, er schien nachzudenken. Sie hatte Kopfschmerzen, sie war wütend, eine Wut, die nur entfernt mit dieser Situation zu tun hatte, sie spürte es und ärgerte sich darüber, ohne sich kontrollieren zu können. Er zog sein Cap etwas tiefer in die Stirn.

»Ich fange noch mal an ...«

Zwei kleine Schweißtropfen erschienen an seinen Schläfen. Elisabeth lächelte. Er holte tief Luft:

»Catherine unterrichtet in den siebziger Jahren, während der Herrschaft Hassan II., in Casablanca am französischen Gymnasium. In Casablanca lernt sie Vertreter der Opposition kennen, Marxisten, die von der Polizei des Königs verfolgt und bedroht werden. Sie entschließt sich, sie bei sich zu verstecken, und gefährdet damit ihr eigenes Leben. Bald verliebt sie sich in einen von ihnen, Ibrahim, einen marokkanischen Juden, der kurz darauf verhaftet, schrecklich gefoltert und in das Zentralgefängnis Kenitra gebracht wird, wo er mehr als sechzehn Jahre bleibt. Catherine, die von der Polizei verhört und schließlich nach Frankreich ausgewiesen wird, kämpft in all diesen Jahren. Sie heiratet Ibrahim im Gefängnis und versucht unermüdlich, ganz Frankreich wegen des Schicksals der politischen Gefangenen in Marokko aufzurütteln. Nach diesem sechzehnjährigen Kampf wird Ibrahim freigelassen und ebenfalls nach Frankreich ausgewiesen, wo sie sich wiedersehen. Sie lernen, miteinander zu leben.«

Die beiden kleinen Schweißtropfen waren auf den Hals von Benoît Fournier herabgeronnen. Elisabeth sah sie an und hatte Lust, den Finger darauf zu legen. Catherines Geschichte war wunderbar, aber … »Warum ich?« Bei jeder Rolle, die man ihr anbot, fragte sie sich das. Und bei jeder Rolle, die sie nicht bekam, das Gegenteil. Warum sie, warum nicht sie …

»Es stimmt, sie haben mich mit *Week-end à cinq* durch meine Kindheit geleitet, aber ich habe keine Ihrer Theateraufführungen verpasst … wunderbare Momente. Unbeschreiblich! Ich mag es, wenn sich Schauspieler nicht einordnen lassen, zu groß sind für Komplimente …«

»Das ist die Geschichte von Christine Serfaty und Abraham, nicht wahr?«, fragte Leïla.

Elisabeth hatte sie noch nie so ernst gesehen, sie war nicht mehr die »kleine Nachbarin«, sondern eine reife Frau, geheimnisvoll und verschwiegen.

»Sie bekommen meine Antwort heute Nachmittag.«

Fournier stand auf, legte ein paar Münzen auf den Tisch, lüftete zum Gruß das Basecap und beendete diese ernsthafte Begegnung mit einer Pirouette.

Elisabeth hatte vergessen, ihn zu fragen, wer der Drehbuchautor war. Wenn er die Geschichte bloß nicht versaut hat, wenn dieses Projekt bloß nicht eine weitere Quälerei wird ... Dann fielen ihr Claras Sätze im *Costes* wieder ein, die Begeisterung, mit der sie von ihrer Lektüre erzählt hatte. Vielleicht war diese Rolle wirklich ein Geschenk...

Das Haus war erleuchtet. Vortäuschung von Intimität. Irreführung. Clara wusste, dass drinnen nur Kälte und Einsamkeit herrschten. Die Vorhänge waren zugezogen, ließen keinen Schatten, keine Umrisse erkennen. Verborgene Leben. Das Haus kam ihr massiv vor, ein Steinblock. Dabei war es das, was man ein »Haus mit Charakter« nannte, typisch für die Normandie, das mit der Zeit an Wert gewann, ja, so würde Clara es anpreisen, wenn sie es verkaufen würde, nachdem ihre Eltern endlich tot wären. Im Moment lebten sie noch im Bauch des Walfischs, füllten den Raum mit ihren Gerüchen und Ausdünstungen, ihre feuchten Hände berührten Fenster und Türen, schlossen sie fest. »Meeresluft ist schädlich«, sagte ihre Mutter mit beleidigter Miene – sie hatte ihr Leben damit zugebracht, auf diese allzu kräftige Brise zu schimpfen, die ihr Reich bedrohte. Die Zimmer waren feucht, die Fensterläden knallten, bis ins Haus drang der Sand, dunkle Körner, die sich in den Parkettritzen, in der Badewanne und manchmal sogar in den Betten einnisteten. Clara erinnerte sich, wie man sie eines Abends bestraft hatte, weil sie nicht die Schuhe ausgezogen hatte, ehe sie hereinkam. Sie war zehn Jahre alt, ihre Mutter hatte sie am Arm gepackt und in den Garten gezerrt, wo sie sich gebückt hatte, um eine Handvoll Sand aufzuheben, die sie langsam über den Kopf ihrer Tochter rinnen ließ, während sie ihr erklärte, dass sie nichts anderes sei als dieser Sand, dieser Staub, dass dies ihre einzige und wahre Zukunft sei und dass sie sie um eines bitte: es niemals zu vergessen, ihn niemals wieder ins Haus zu tragen, und tatsächlich hatte Clara es nie wieder unterlassen, ihre Schuhe auszuziehen, sie betrat ihr Zuhause so, wie man langsam stirbt. Wie sollte sie es heute wagen einzutreten? War die Magd immer noch dieselbe, das Mädchen vom Lande, dem Claras Mutter voller Stolz »ordentliche Manieren« beigebracht hatte? Erziehung durch Knechtschaft, Ausbildung in der Kunst des Bedienens und in Demut, lernen, wie man akzentfrei spricht und das Fischbesteck richtig anordnet. Aber jetzt musste die junge Bäuerin eine reife Frau sein, ihre Mutter setzte sie alle bei der ersten Schwangerschaft vor die Tür, sie duldete nur duckmäuserische und dumme Jungfrauen, die junge Bäuerin war wohl eine andere. Und nun? Wie kam sie in dieses Haus? Wem sollte sie sich vorstellen und wie? Und vor allem, wie brachte sie diese beiden Kreaturen zum Reden, wo doch Stummheit für sie die Krönung der Würde war?

Ihr war kalt. Am Vortag hatte es geschneit, die Luft war dicht und eisig, ja, am Vortag hatte es auf das Meer geschneit, aber heute Abend hatte das Meer sich zurückgezogen, es gab nur noch eine weite Sandfläche, und Clara erinnerte sich, wie gern sie als junges Mädchen auf den Spuren des verschwundenen Wassers weit hinaus gelaufen war, bei Ebbe aufbrechen und da entlanggehen, wo sie bei Flut verschlungen würde, aufrecht stehen bleiben, ohne überschwemmt zu werden, den Platz des Meeres einnehmen und über dem Kopf nichts als die Farbe eines grenzenlosen Himmels. Wenn das Meer langsam, mit kleinen grauen Wellen wiederkehrte, musste sie rasch zurückgehen, dann spürte sie, wie es in ihrem Rücken anschwoll, ein geheimnisvolles Universum war hinter ihr in Bewegung, eine schwarze, eisige Unterwasserwelt – man erzählte oft Geschichten von ertrunkenen Touristen, die auf einer Sandbank eingeschlossen worden waren, es gab weder Ruhe noch Erholung, das hatte sie schon sehr früh erkannt.

Ihr war kalt, und außerdem hatte sie Angst, erneut fragte sie sich, wie sie in das riesige Haus hineinkommen sollte … als das Licht im zweiten Stock anging, im Zimmer ihres Vaters. Er war da. Er lebte noch. Er hatte niemals aufgehört zu leben, auf derselben Welt, in denselben Jahreszeiten, denselben Stunden wie sie. Er bewegte sich hinter diesen schweren Vorhängen, er würde seine Schlaftabletten nehmen, seine ewigen Gefährten, seine schmählichen Geliebten. Sie hatte Lust zu schreien, um Hilfe zu rufen, einen Stein zu werfen, der die Fensterscheibe zerbrechen, ihren Vater und all seine Lügen zerstören würde. Sie wollte die Wahrheit. Das Wissen. Sie hatte es mit Elisabeth im *Costes* gefeiert, sie hatte lächelnd ihr Glas gehoben, und die Männer hatten sich umgedreht, weil sie so schön war und weil sie Schönheit mit Glück verwechselten.

Das erleuchtete Zimmer ihres Vaters war ein riesiges Auge, ein gelbes Auge in der Nacht. Es war das Zimmer des Menschenfressers, der verfluchte Ort, sie wusste nicht, ob es Kälte oder Angst waren, die sie so zittern ließen, aber sie hatte plötzlich einen schrecklichen Drang zu pinkeln, fürchtete in die Hose zu machen, hier, vor ihren Eltern, zu tun, was man nicht tun durfte, nicht mehr eine Frau von dreißig Jahren zu sein, sondern ein abhängiges, schmutziges Baby, ein riesiges Baby von fünfundvierzig Kilo. Sie nahm eilig den Mantel hoch, zog die Unterhose herunter, hockte sich vor das Tor aus weißem Holz und erleichterte sich, von Panik erfüllt, schlotternd, überzeugt, dass sie sie sehen würden, dass die Dienstmagd sie verjagen, sie für eine pinkelnde Bettlerin halten würde, sie war eine Schande, eine Schande auf der Schwelle des Elternhauses.

Das Hotelfoyer war dunkel und still, vielleicht waren ihre Eltern die einzigen Menschen auf der Welt, vielleicht waren sie die letzten Vertreter der menschlichen Rasse.

Durch das Fenster ihres Zimmers sah Clara hinaus, kilometerlang nackter Sand, feuchte Wüste, Stille, die in der Nacht gebrochen werden sollte, von den Wellen, die sie vielleicht am Morgen wecken würden. Sie hatte das Gefühl, im Nirgendwo angekommen zu sein, ein Niemandsland, aber trotzdem wusste sie, dass sie nicht aufgeben würde. Im Tageslicht würde ihr alles bestimmt weniger feindlich vorkommen, ihre Eltern würden nur noch zwei einsame Pensionäre sein, denen sie gefehlt hatte … Sie lachte laut, ein unechtes Lachen. Ihr Telefon klingelte. Es war Elisabeth. Sie machte sich Sorgen. Sie erkundigte sich.

»Ich bin nicht hingegangen.«

»Warum?«

»Darum. Das Haus ist riesig.«

»Aber sie wissen, dass du da bist? Du hast ihnen Bescheid gesagt?«

»Nein.«

»Meinst du, dass du es schaffst?«

»Nein.«

Schweigen. Dann fragte Elisabeth:

»Wo bist du?«

»Im Hotel.«

»Wie lange hast du von Paris aus gebraucht?«

»Drei Stunden. Etwas weniger … Zweieinhalb. Ich weiß es nicht mehr.«

Clara schwieg. Sie hörte Elisabeths Atem durch das Telefon, diesen kleinen Hauch eines Anderswo.

»Pass auf, Clara, wenn ich jetzt losfahre, komme ich nachts an, morgen habe ich um achtzehn Uhr eine Kostümprobe, wenn wir früh zu deinen Eltern geht, schaffen wir das. Was meinst du?«

Sie meinte gar nichts, sie konnte es nicht fassen, hatte sich nicht einmal vorstellen können, dass das möglich war, dass Elisabeth in ihr Dorf einfiel, in das Haus ihrer Kindheit.

»Ich fahre jetzt los! Wo bist du genau?«

»In Coutainville. Hotel Neptun.«

»Bis gleich.«

Und sie legte auf. Jetzt erst zog Clara den Mantel aus und sah sich im Zimmer um. Bald würde Elisabeth da sein. Bald würde sie mit ihrer Freundin reden. Ja. Sie hatte eine Freundin. Das war neu. Das war verwirrend. Etwas war in ihr Leben gekommen ... Ein Licht. Ein Verstehen. Eine Hand auf ihrer Schulter. Und sie wusste, morgen würden Elisabeth und sie, ohne die Schuhe auszuziehen, das Haus ihrer Eltern betreten, sie würden sich am Arm halten, stark, mächtig, zwei Riesinnen in einem Puppenhaus, sie würden Sand hineintragen, ein wenig Zauber an diesem Ort ohne Anmut.

Elisabeth kam nachts an, als das Meer wieder stieg. Beide tauchten sie auf aus der eisigen Stille, der feuchten Dunkelheit. Clara hatte niemals erzählt, wie ihre Kindheit gewesen war. Sie würde es auch in dieser Nacht nicht erzählen. Und in keiner anderen. Die Schande würde mit ihr sterben, ohne ruchbar zu werden. Sie wollte, dass Elisabeth von sich sprach, von der Gegenwart sprach in dieser Stadt, die in der Vergangenheit erstarrt war.

Elisabeth hatte eine Anwältin genommen, das Scheidungsverfahren lief. Pascal verweigerte die einvernehmliche Scheidung, leugnete, dass er eine Geliebte hatte, forderte das Sorgerecht für die Mädchen.

»Als er mir das gesagt hat, konnte ich es nicht fassen. Warum will er die Kleinen, warum? Er hat sich nie um sie gekümmert, er hat sie immer als Spielzeug angesehen, als Anhängsel … Er weiß nicht mal, was sie zum Frühstück essen und wann sie aufstehen müssen, wie kann er behaupten, sich um sie zu kümmern? Wird er sie vielleicht dieser Schnepfe überlassen? Meine Töchter? Meine Töchter bei France Meynard, kannst du dir das vorstellen?«

Clara erinnerte sich an ihr erstes Gespräch im *Wepler*, »Man hält niemanden mit einem Kind, man bindet sich für ein Leben«, hatte Elisabeth gesagt ... Das war also das langsame, mit dem Samen injizierte Gift, die unsichtbare Kette, der Fluch.

»Er will nicht die Kinder, er will dich. Er will das Zentrum deiner Gedanken sein. Anders als du glaubst, bist du seine fixe Idee, und wenn es in dieser Geschichte ein ›Anhängsel‹ gibt, wie du es nennst, dann ist es France Meynard. Dieses Mädchen ist nicht mal ein Strohfeuer, sie ist ein Vorwand, ein willkommener Vorwand, um dir wehzutun. Boris hat mir erzählt, wie er sie bei den Proben behandelt, wie er sie vor den Schauspielern demütigt, das kannst du dir nicht vorstellen. Der Kerl ist einfach pervers.«

Elisabeth hätte das lieber nicht gehört. So empörend es auch sein mochte, sie hätte es lieber gehabt, dass Pascals Vaterinstinkt plötzlich erwachte, denn sie würde es sich niemals verzeihen, sich in ihn verliebt zu haben. Sie zwang ihren Töchtern einen schlechten Vater auf, womöglich einen gefährlichen Mann, sie, die sich so sehr gewünscht, so sehr dafür gearbeitet hatte, dass sie eine glückliche Kindheit hätten, aber auf einmal geriet alles ins Schleudern, die Kindheit driftete ab, und die Mädchen wurden Zeuginnen ihrer Auseinandersetzungen mit Pascal, sie wollte es nicht, sie hatte sich geschworen, kein Streit vor den Kindern, aber der Hass war so stark, oft konnte sie ihn nicht zurückhalten, und die Kinder erlebten es mit: den Abscheu der Erwachsenen, die Beschimpfungen der

Großen, die unkontrollierte Wut. Und die Gesichter von Camille und Elodie in diesen Momenten, ihr Blick …

»Reden wir nicht mehr darüber«, sagte Elisabeth, »wir müssen schlafen, um morgen in Form zu sein. Schaffen wir es?«

Es war dunkel im Zimmer. Sie hörten das Meer, ohne es zu sehen, und es war ein Gesang, ein afrikanischer Rhythmus, langsam, sinnlich, eindringlich.

»Wir schaffen es.«

»Sind deine Eltern wirklich so schrecklich?«

»Nein. Sie sind schlimmer.«

Und das Meer brach sich wie früher, als Clara klein war und nicht schlief, und wie früher kümmerte es sich nicht um sie und um ihre Gebete, es blieb immer am Deich stehen, selbst in Sturmflutnächten, obwohl das Kind betete, dass es ihr Haus verschlingen möge.

»Denk an Isabelle, der Besuch morgen ist die letzte Etappe, ehe du sie wiederfindest, und außerdem weißt du doch, dass solche Sachen nie so ablaufen, wie man sie sich vorgestellt hat.«

Am nächsten Tag war es schön. Man hätte meinen können, die Stadt sei über Nacht gereinigt worden, so sehr glänzte sie. Die Kälte war beißend, der Wind verfing sich in den kleinen Gassen, kniff die Passanten in den Po, und Clara wusste, dass ihre Mutter auf diese Meeresluft fluchen würde, die ihre Fliesen schmutzig machte und die Fensterläden knallen ließ, fluchen auf diesen Wind, der ihr die Tochter zurückbrachte.

Das Haus wirkte stolz unter der Sonne, mächtig. Clara stieß das weiße Tor auf, sie betraten den Garten: Dornensträucher, der Rosenbusch, die Schieferplatten, nichts hatte sich verändert. An der Tür lächelte Elisabeth der Freundin zu, und sie klingelte. Clara war blass, noch schöner so, mit dem Gesicht einer weihevollen Madonna. Eine leicht gebeugte Frau mit blond gefärbtem Haar öffnete ihnen. Sie musterte Elisabeth mit fragender Miene, aber als sie Clara sah, verschloss sich alles an ihr.

»Ich komme Papa besuchen«, sagte Clara mit einer Stimme, die sich vergeblich um Festigkeit bemühte, und ohne die Einladung ihrer Mutter abzuwarten, ging sie hinein. Die Mutter schaute unwillkürlich auf die Schuhe, da lächelte Clara sie ironisch an und stampfte mit den Absätzen auf den Fußboden.

»Dein Vater ist nicht da!«

Clara ging auf die große Treppe mit granatfarbenem Teppich und einem mächtigen Geländer aus dunklem Holz zu und winkte der Freundin, ihr zu folgen.

»Dazu hast du kein Recht!«, schrie die kleine Frau.

Clara wollte ihr antworten, aber da packte sie plötzlich der Geruch der Treppe, mit ihm kehrte der Geruch nach Suppe und Kohl zurück, nach zu früh angebrochenen Abenden, nach dem Grog, den die Magd dem Vater servierte, der scharfe Geruch der Inhalationen, der Geruch der einsamen Sonntage und der Lackschuhe, die man nicht schmutzig machen durfte, der Strand war verboten.

Elisabeth nahm Claras Arm, zog sie mit sich, die Mutter folgte ihnen, gespalten zwischen der Schwäche des Verdrusses und der Stärke des Zorns.

»Der Arzt hat es verboten! Der Arzt ist sehr besorgt!«

Clara drehte sich plötzlich um, gerade, beinah steif, und streckte der Mutter drohend den Finger entgegen: »Schnauze!«, und Elisabeth war überrascht, nie hatte sie ein vulgäres Wort aus Claras Mund gehört, war das noch dieselbe, die im Radio mit sinnlicher Stimme sprach und so hübsch lachte? »Hör mir gut zu! Wenn er im Koma liegt, weck ich ihn auf, ist er begraben, grabe ich ihn aus, wenn er in der Hölle brät, hol ich ihn da raus, verstanden? So ein Nichts wie du wird mich bestimmt nicht daran hindern, mit ihm zu sprechen, und ich verbiete dir, hörst du, ich verbiete dir, mit uns ins Zimmer zu kommen!«

Und nach kurzem Schweigen, in dem sie Luft zu holen schien:

»Zisch ab!«

Und da bekam die Mutter Angst. Die Situation überforderte sie. Ihre Tochter zerschlug mit einem Hieb dreißig Jahre Herrschaft und Gewissheit, ihre Tochter übernahm das Kommando, entriss es ihr ohne Vorwarnung. Sie warf Elisabeth einen Blick voller Panik zu, als wollte sie sie um Hilfe bitten, sie zur Zeugin für diese Gewalt nehmen, aber schon rannten die beiden die zwei Etagen zum Zimmer des Vaters hinauf. Sie folgte ihnen, mühsam atmend, bedrängt von ihrem Asthma und ihrem Entsetzen.

Das Zimmer lag im Halbdunkel, ein beißender Geruch hing in der Luft, Urin und neunzigprozentiger Alkohol, der Geruch von Krankheit und Staub. Der Vater saß im Morgenmantel am Fenster, er sah auf den vom Wind misshandelten Garten und wandte den beiden Frauen einen leeren Blick zu. Clara ging vorsichtig auf ihn zu, er war ein Mensch, an den sie immer vorsichtig herangetreten war, ein armes, krankes Etwas, unförmig, ungesund, ein Unglücklicher, immer unberechenbar und beunruhigend. Er hob den Kopf, als sie bei ihm war, sie setzte sich auf den Stuhl ihm gegenüber. Er war alt geworden. So früh. So schnell. Sein geradezu durchsichtiges Gesicht war von geplatzten Äderchen durchzogen, und auf den schlecht rasierten Wangen standen weiße Stoppeln und Warzen nebeneinander. Elisabeth bemerkte die Narbe an seinem Hals, schaute instinktiv nach den Handgelenken, aber sie waren von den Ärmeln bedeckt. Dieser Mann war der Stellvertreter des Todes auf Erden. Er hatte ihn immer wieder ausprobiert, er war sein Gefährte, mit ihm zu spielen war eine Gewohnheit, ein Laster, das er sich erst abgewöhnen würde, wenn er endgültig in seinen Armen lag.

Elisabeth hörte die Schritte der Mutter, schwächlich,

aber entschlossen, sie ergriff die Louis-XV-Kommode, zog sie vor und stellte sie gegen die Tür – Medikamente fielen auf den fleckigen Teppich, rote und weiße Kapseln, rosa Tabletten. Sie lehnte sich gegen das Möbelstück. Sie hütete das Zimmer. Dieses unwirkliche Tête-à-tête.

Clara zog das Foto der Unbekannten aus der Tasche, reichte es dem alten Mann. Mit zögernder Hand griff er danach, sah es an, von vorn und von hinten, gab es ihr zurück, neutral, unbewegt, und Clara wandte sich an das Foto, um mit ihrem Vater zu sprechen. Sie starrte auf die schlichte junge Frau, die die Hand auf ihren Bauch gelegt hatte.

»Erzähl mir von Isabelle.«

Er zuckte nicht, seine Tochter sprach aus weiter Ferne, aus einem Anderswo, das ihn nicht erreichen konnte.

»Papa, erzähl mir von deiner Mutter.«

Es trommelte an die Tür, die Kommode stieß Elisabeth in den Rücken, kleine trockene Schläge, schäbige Drohungen. Der Alte schien es sofort zu hören, lebhaft drehte er den Kopf, und Elisabeth fing seinen Blick auf, den gehetzten, willenlosen Blick, und sie erkannte, dass er imstande war, aus seiner Lethargie aufzutauchen, dass etwas, eher jemand, ihn zu einer Reaktion bewegen konnte. Clara verstand es auch.

»Es ist wegen Mama. Sie hat mir alles erzählt. Als ich zum ersten Mal meine Tage hatte, meinte sie, ich sei eine Frau und müsse es wissen. Alles wissen.«

»Mach auf, du Dreckstück! Macht auf, du und deine Lesbe!«

Die Kommode bewegte sich, drückte schmerzhaft gegen Elisabeths Nieren, die Megäre hatte eine unerwartete Kraft, die verratene Mutter wollte sich ihre Macht zurückholen.

Clara steckte das Foto hastig in die Tasche zurück.

»Hör zu, Papa, Isabelle lebt, ich weiß es. Sag mir, wo sie wohnt und wie sie heißt. Bitte!«

»Bon ...«, sagte der verwirrte alte Mann.

»Bitte!«

»Bon ...«, wiederholte er, da schüttelte Clara seinen Arm, seinen mageren, steifen Arm – totes Holz.

»Sag mir ihren Namen!«

»Lass ihn«, flüsterte Elisabeth, »er hat ihn dir gerade gesagt.«

Clara ließ den Vater los, ärgerte sich sogleich: Warum musste ihre Berührung so gewalttätig sein? Warum brachte er sie immer dazu zu schreien?

»Sie heißt Isabelle Bon, und beeil dich, ich halte nicht mehr lange stand, deine Mutter ist offenbar in den Zaubertrank gefallen.«

Sie brachen beide in Lachen aus, ihre Nerven gaben nach, die beiden grausamen Alten waren lächerlich, aber plötzlich packte der Vater Clara am Handgelenk. Er hatte schrundige Finger, obwohl er niemals hinausging, eine eingefallene, wächserne Hand.

»Sie ist in L'Isle-sur-Sorgues, was glaubst du denn?«, zischte er voller Hass. »Was hat dir deine Mutter erzählt, na? Was hat sie sich ausgedacht, diese Schlampe?«

»Lass mich los!« Aber sie wollte, dass er sprach. Dass er endlich erzählte. Nur nicht so …

»Was hat sie dir für Schmus erzählt? Weißt du, dass ich meine Großmutter ›Mama‹ genannt habe, meine ganze Kindheit hindurch? Ich bin auch mit der Lüge aufgewachsen, ich habe die Geschichte von L'Isle erst erfahren, als ich schon Chef und Ehemann war. Ja, ja, ich sag's dir: Eines Tages bin ich zum Begräbnis gegangen, von der, die ich für meine Mutter hielt, und der, den ich ›Papa‹ nannte, war noch besoffener als sonst, und er hat mir die ganze Geschichte erzählt, und als ich dann nach Hause gekommen bin …«

Und er fuhr sich mit dem Finger über den Hals.

Clara sah ihm tief in die Augen. Es war das erste Mal. Es war das letzte Mal. Sie sagte ihm Lebewohl, aber er wusste es nicht.

Niemals hätte Boris geglaubt, dass sie ihn so leiden lassen würde. Niemals hätte er gedacht, dass er eifersüchtig sein könnte! Und auch noch auf eine Frau! Er spürte, dass sein Ärger und sein Zorn lächerlich waren, aber diese Beziehung zwischen Elisabeth und Clara, diese Verbindung, die vielleicht nichts mit körperlicher Anziehung zu tun hatte, stellte für ihn eine echte Bedrohung dar. Er hätte sich gern kontrolliert, wollte nicht engstirnig sein, sondern derjenige, der versteht, der diese Freundschaft mit amüsierter Bewunderung ermutigt und wachsen sieht. So war es nicht. Dass Clara mit Elisabeth im *Costes* aß, sie in das Restaurant einlud, wo er ihr sein Verlangen gestanden hatte – ihr erstes Tête-à-tête –, das akzeptierte er. Dass Elisabeth nach L'Aigle fuhr, akzeptierte er auch. Er hatte sich gesagt, dass Clara womöglich beschlossen hatte, diesen Ort endlich für Freunde zu öffnen, aber er wäre lieber dabei gewesen, hätte sich als Hausherr gefühlt, der den guten Wein serviert und durch die Gegend führt. Aber dass Clara Elisabeth auswählte, um nach zwölfjähriger Abwesenheit in das Dorf ihrer Kindheit zurückzukehren und ihren Eltern entgegenzutreten, das war…! Mehr als ein Verrat: Ausgrenzung. Hatte sie wenigstens zwischen ihm und Elisabeth gezögert? Und was hatte sie abgehalten?

»Überleg nur mal zwei Sekunden, Boris, ich konnte doch nicht mit einem Mann zu meinen Eltern gehen, ich konnte uns doch nicht als Paar präsentieren, du weißt genau, wie sie über uns geurteilt hätten!«

»Und was stört dich daran? Seit wann machst du dir etwas aus ihrer Meinung?«

»Immer schon, glaube ich.«

Er verstand. Er kannte das. Diese unmögliche Dankbarkeit.

»Clara, ich weiß, dass du nichts zufällig machst, also, warum bist du jetzt dorthin zurückgegangen? Sag schon! Warum gerade jetzt?«

»Am Tag der Beisetzung deines Vaters habe ich dir ein Foto gezeigt, du hast es dir nicht mal angesehen.«

Na bitte! Wie immer gab es ein Zeichen, das er nicht entschlüsselt, einen Fauxpas, den sie ihm nicht verziehen hatte. Dieses Spielchen begann langweilig zu werden.

»Clara, kannst du vielleicht verstehen, dass ich an diesem Tag keine besondere Lust hatte, in Fotoalben zu blättern?«

»Versuch's nicht mit Ironie.«

Er hätte brüllen mögen, damit das alles aufhörte: diese Beziehung, der Schmerz, die Angst vor dem Verlassenwerden – denn genau darum ging es, er fürchtete, sie werde ihn verlassen, sie werde sich von ihm abwenden, wie sein Vater es getan hatte und auch seine Mutter, so zerstreut, so verantwortungslos, unfähig, die Place du Châtelet zu überqueren, ja, sie waren alle unfähig, unfähig zur Liebe, zur Beständigkeit, und er würde einmal mehr allein dastehen.

»Aber ich wäre stolz gewesen, dich nach Coutainville zu begleiten, kannst du das verstehen? Ich hätte dich unterstützt, ich hätte dich vor ihnen beschützt.«

»Ich wollte nicht, dass man mich beschützt.«

Sie gab an. Sie provozierte ihn. Hatte Elisabeth ihr geraten, sich von ihm freizumachen? Ließ sie alle glücklichen Menschen für ihre Scheidung bezahlen …? Aber Clara war niemals glücklich gewesen, sie mied das Glück sorgfältig, dieses allzu einfache, banale, unendlich misshandelte Ideal … Er seufzte tief, er musste sich entspannen, durfte das Gespräch nicht in eine Szene abgleiten lassen, er musste die Wellen glätten und die Situation in den Griff bekommen.

»Sehr gut. Ich erinnere mich nicht an das Foto, kannst du es mir noch mal zeigen?«

»Es ist zu spät. Weißt du, in Coutainville ist nichts Besonderes passiert. Ich bin kaum eine Viertelstunde bei meinen Eltern geblieben … und … sie waren … sie waren wie immer.«

Sie sagte nichts mehr. Er zögerte, berührt von ihrem Schmerz, voller Panik wegen ihres Schweigens, zerfressen vom Zorn.

»Ich bin froh, dass du eine Freundin hast … Das ist gut … Es ist gut, dass es Elisabeth ist, sie ist eine Partnerin … gut … wirklich gut …«

Schon ihr Name belebte den Schmerz, belebte die Gefahr, ja, genau darum ging es, es hatte nichts mit ihren Eltern zu tun, es war ihre Nacht in Coutainville, ihre ungeplante Flucht, die ihm suspekt waren. Aber er wollte es trotzdem gutheißen, wollte seine großzügige Zustimmung kundtun. Sie unterbrach ihn:

»Ich esse heute Abend im *Costes* mit ihr, du kannst mitkommen, wenn du willst.«

»Mitkommen?«

»Na ja … wenn du Lust hast …«

Es war ein Unbehagen, das unausgesprochen blieb, eine schändliche Eingebung. Sollte er sie geradeheraus fragen, was zwischen ihnen war? Sie legte die Hand in seinen Nacken, die Armreifen waren kalt an seiner Haut, er erschauerte, sie strich über sein Haar, eine vertraute Geste, die sie vielleicht machte, um die Leere zu füllen. Er spürte ihren eindringlichen Blick, aber er wollte nichts davon wissen, er fürchtete, sich zu verlieren. Er senkte den Kopf, was sie für Zustimmung nahm, sanfte Unterwerfung, sie beugte sich vor, um seinen Nacken zu küssen, ihn zart zu beißen, er bezwang sich, um sie nicht zu verjagen, wie man ein Insekt verjagt, er musste ihr geben, was ihr Elisabeth womöglich nicht gab … Sie drückte sich an seinen Rücken, schmiegte ihre üppigen Brüste an ihn, und er hasste es, sie so sehr zu lieben.

»Wann?«

Nichts mehr berührte ihn, kein menschlicher Körper,

keine Wärme, kein Fleisch und kein Speichel, nur die Leere.

»Was?«

»Ich frage wann? Das Essen im *Costes*.«

Sie war aufgestanden wie eine Katze. Frauen konnten sich so schnell wieder fangen, er bewunderte sie dafür, fand sie gleichzeitig schrecklich heuchlerisch. Sie war verärgert, er wusste es, gedemütigt, und er genoss die Pein, die er ihr zufügte, wenigstens etwas, was sie noch teilen konnten: den Schmerz.

Clara kam zu spät. War das Absicht? Boris saß allein Elisabeth gegenüber, trank einen Kir royal und fragte sich, worüber er mit ihr sprechen konnte, wer er für sie war: ihr Theatergemahl, Pascals Don Juan, Claras Liebhaber? In welche Rolle schlüpfen, damit alles gut ging und diese Frau wieder ihren Platz einnahm: teilnahmsvolle Freundin, ein bisschen unglücklich, ein bisschen abgehängt, die kaltgestellte Schauspielerin … Er nahm eine Erdnuss und fragte grundlos nach Fred, einem Freund von der Schauspielschule, der jetzt in einem Kibbuz lebte, dann folgte eins aufs andere, es war einfach, sich an die Vergangenheit zu erinnern, so bequem, ein paar abgedroschene Anekdoten auszugraben, man lachte ein bisschen, lästerte viel, die Zeit verging wie nichts, und man langweilte sich nicht. Man verfluchte sich nur.

Endlich tauchte Clara auf. Frisch, entspannt, wunderbar. Sie schaute sie kurz an, lächelte, dann setzte sie sich ohne zu zögern neben Elisabeth. Boris ärgerte sich darüber. Sie würden sich in weiblicher Vertraulichkeit ergehen, und er wäre der Mann, der nur Bahnhof verstand, das stand von vornherein fest. Er streichelte Claras Wange, lächelte dabei Elisabeth zu, winkte dem Kellner, einen dritten Kir zu bringen. Clara zog sich etwas zurück, schmiegte sich an die Lehne ihres Stuhls:

»Suchst du immer noch jemanden, der Irène Gesellschaft leistet?«

Er sah sie verständnislos an. Warum sprach sie von seiner Großmutter? Warum jetzt, warum hier und vor Elisabeth? Sie wusste also auch darüber Bescheid: dass er eine Großmutter hatte, dass diese Großmutter Gesellschaft brauchte, aber mit welchem Recht erzählte Clara sein Leben? Keine Frage, Elisabeth wusste alles, sie hatten endlos miteinander geschwatzt, glücklich, einander zu gestehen, was sie vor anderen geheim hielten, sogar ihr Sexualleben kam an die Reihe, vor allem ihr Sexualleben, die Frauen lieben es, miteinander darüber zu sprechen, und letztendlich berührten ihn diese indiskreten Geständnisse nicht besonders, aber Irène! Irène gehörte ihm, das war seine eigentliche Intimität, seine Kindheit, die sich nicht mitteilen ließ.

»Irène braucht niemanden.«

Clara sah ihm gerade in die Augen, tief, so tief sie konnte. Keiner von ihnen hatte das gewollt, in keinem

Moment hatten sie einander den Krieg erklärt … sie hatten sich auch in keinem Moment die Liebe erklärt. Sie wurden bestraft für ihre Sorglosigkeit, bestraft für den Stolz, anders zu sein, eine neue Form zu erfinden. Elisabeth gab Boris einen Zettel mit Leïlas Telefonnummer, für Irène. Ohne einen Blick darauf zu werfen, steckte er ihn in die Tasche. Er wollte ihn verbrennen. Er wollte aufstehen und gehen. Er wollte Clara bitten, ihm zu folgen und ihm zu glauben. Glauben, dass er sich beruhigen und genau der Mensch werden würde, den sie brauchte. Aber er tat es nicht. Er nahm die Weinkarte und überflog sie als Kenner. Als Mann.

Sie hatten keinen Durst.

Sie hatten auch keinen Hunger. Dennoch bestellten sie zu essen und zu trinken, und sie redeten, redeten lange, um die Stille zu füllen und die Teller zu leeren. Sie erwähnten die internationale Situation, sie lasen die gleichen Zeitungen und waren in allem einer Meinung, die Welt war zweigeteilt, gut und böse, das war so erleichternd. Die wahren Alliierten und die ewigen Feinde erkennen zu können.

Seit ihrer Rückkehr aus Coutainville war Clara ständig in Bewegung gewesen. Nachts träumte sie nicht, ihre Tage waren blass und ohne Gefahren – nur das Essen im *Costes* war ein Fiasko gewesen, ein unerträglicher Abend, den sie lieber vergessen wollte. Drei Tage nach ihrer Rückkehr, als sie am wenigsten damit rechnete, vielleicht, weil sie sich gerade wieder an die Arbeit machen wollte, vielleicht auch, weil sie bereit war, erwachte der Schmerz, der Aufschub war vorbei, sie dachte an Coutainville …

Sie sah das Haus ihres Vaters. Sie verstand, wie sehr sie als Kind manipuliert worden war, welche Rolle sie in der Beziehung ihrer Eltern gespielt hatte, ein kleines Mädchen als Objekt, Objekt der Rache, des Sadismus, alles hatten sie unternommen, damit die Erde unter ihren Füßen bebte, und noch heute spürte sie, wie verschwommen die Umrisse ihres Lebens waren. Sie war auf Zehenspitzen aufgewachsen, nicht der Überlebensinstinkt hatte sie vorangetrieben, sondern die Panik. Sie hatte dreißig Jahre so getan als ob, sie hatte getäuscht und in ihrem Innern nur eine einzige Gewissheit gehabt: Sie trug Leben in sich, die nicht ihre waren. Die Toten und die Lebenden stritten sich in ihr, lieferten sich einen erbitterten Kampf, tägliche

Schlachten; konnte sie sie noch ignorieren, wo sie so laut schrien? Musste sie sie nicht endlich akzeptieren und ihr Erbe antreten?

Sie ging zum Spiegel. Heute war sie schön, aber mit der Zeit würde diese Maske welken, und sie würde ihnen gleichen, würde auch von außen ihresgleichen sein, man würde sie mit all den Verdammten verwechseln, die einer nach dem anderen aus ihrem Stammbaum wuchsen, aus diesem von den Göttern vergessenen Baum. Sie kam vom Bösen. Sie war das Böse.

Sie erinnerte sich an ihre Mutter am Tag der Enthüllung, an ihre Mutter und ihre vertrauliche Miene: »Das nennt man die Regel. Jetzt bist du eine Frau, pass auf, du könntest ein Kind bekommen«, und sie, die sie niemals berührte, hatte sie plötzlich an sich gepresst, gegen ihre rohseidene Bluse, Clara roch das Eau de Cologne, sie hasste den süßlichen Geruch, die Brosche der Mutter drückte gegen ihre Wange, sie hatte die Augen ganz fest geschlossen, um an etwas anderes zu denken, nicht mehr in diesen Armen zu sein, in diesem Geruch, diesem Zimmer, aber die Mutter hatte weitergeredet, sie war in Fahrt, ihre Stimme zitterte hysterisch, am Rand der Ekstase, und sie hatte Clara ihre eigene Version der Geschichte Mercier geliefert, sie hatte den Vater beschmutzt, während sie die Tochter mit ihren Armen umschlang, Claras Wange schmerzte und auch ihr Bauch, der zum ersten Mal blutete, und das war ihre Taufe: Sie war eine Frau. Sie gehörte zur Rasse ihrer Mutter. Man musste den Männern misstrauen, sie waren gewalttätig und schlecht, und ihre Mutter wickelte den langen Faden ihrer Verbrechen ab. »Dann hat dein Großvater sie vergewaltigt, verstehst du? Weißt du, was das heißt?« Claras Herz schlug heftig, es wollte ebenfalls entkommen, und die Mutter erzählte Einzelheiten, ersponnene, schmutzige Einzelheiten. »Weißt du, dass die Soldaten nicht nur mit ihrem Ding vergewaltigen? Auch mit ihrem Gewehr, in alle Löcher? Weißt du, dass man das auch im Hintern machen kann, mit dem Gewehr in den Hintern? Kannst du dir deinen Großvater vorstellen?« Clara hatte sich übergeben. Dort. Auf die Rohseide und die goldene Brosche. Der Geruch des Eau de Cologne hatte sich mit dem des Erbrochenen gemischt, das wahre Bild ihres Vaters war aus diesem Gestank aufgetaucht, sie war eine Frau und er der Sohn des Ungeheuers. Da hatte sie Angst bekommen. Angst vor ihm. Drei Jahre hatte sie sich geweigert, in seinem Beisein zu essen, und sehr bald hatte die Mutter ihr befohlen, in der Küche mit der Magd zu essen. Bei der Magd erbrach sich Clara nicht. Sie wuchs im Schweigen auf.

Sie hatte ihren Vater nie mehr geküsst. Hatte ihm das gefehlt? Er hatte nichts erkennen lassen. Sie hatte seinen Tod gewünscht, denn sie fürchtete, dass er ihre Mutter vergewaltigte, und sie hatte sein verstecktes Gewehr gesucht, überall gesucht, sogar unter seinem Bett, aber dort hatte sie nur Pantoffeln, Medikamente und Kreuzworträtsel gefunden. Da hatte sie verstanden, dass sich die Ungeheuer gern unter dem Anschein der Normalität verstecken, und dieser kranke Mann, der niemals das Haus verließ, war ein Gespenst, das an diesem Ort spukte, der Drachen des Schlosses.

Wie hätte sie diese Kindheit irgendjemandem erzählen können? Sie hatte immer gewusst, dass man sie nicht mehr lieben würde, wenn sie gestand. Man würde Mitleid mit ihr bekommen und sie aus Angst vor Ansteckung meiden. Also pflegte sie ihre Schönheit, wie man eine Lüge pflegt, sie bedeckte ihre Handgelenke mit feinen Armreifen und die Finger mit goldenen Ringen, sie ließ sich Kleider nach Maß anfertigen, sie stellte sich Parfums zusammen, sie setzte ihre sanfte, vertrauliche Stimme auf und befragte die anderen. Und ganz allmählich hatte sie erkannt, dass sie nicht allein war. Alle logen. Wenn sie ihr im schallisolierten Studio gegenüber saßen, heuchelten ihre Gäste Leben und Glück. Egal, wie alt und wie bekannt sie waren, sie logen, weil das Ziel ihres Besuches niemals darin bestand, Clara Mercier zu treffen, sondern Werbung für sich zu machen und zu versuchen, daran zu glauben, sich selbst von diesem Wohlbefinden zu überzeugen, für die Dauer eines Interviews.

Heute wusste sie, sie würde nicht weitergehen. Für sie war es vorbei mit dem So-tun-als-ob, der Oberflächlichkeit und dem Ausweichen. Für sie war die Zeit der Klarheit gekommen. Alles hatte lange vor ihrer Geburt festgestanden, und sie musste aufhören, gegen das Offensichtliche zu kämpfen, sie musste den Platz einnehmen, der ihr zukam, ihr, Clara Mercier, Tochter von Jean, Sohn von Robert, Sohn von Achille.

Sie ergab sich endlich.

Sie zog die gelben Vorhänge ihres Schlafzimmers zu, das Licht wurde sogleich friedlich und leicht, sie setzte sich auf ihr Bett und rief im Radio an. Sie sagte Bescheid, dass der Termin mit dem Dirigenten abgesagt werden müsse. Sie werde nicht kommen. Nie mehr. Ja, sie wisse, womit sie zu rechnen habe, ja, sie sei es wirklich, es sei kein Witz, sie würden bald ihr Kündigungsschreiben erhalten. Sie legte auf, und ohne zu überlegen, vielleicht, weil das Licht so sanft war, tat sie, was ihr Vater vor ihr getan hatte, was sie ihm ihr Leben lang vorgeworfen, was sie niemals verstanden hatte: Sie legte sich hin.

Schließlich traf sich Boris doch mit Leïla. Die junge Marokkanerin war genau so, wie seine Großmutter es liebte: jung und hübsch – Irène sagte immer, dass der Umgang mit der Jugend und der Anmut ein Heilmittel gegen die Melancholie sei, die den Menschen in ihrem Alter drohe. Er stellte sie einander vor, und bald spürte er, dass sie gern miteinander allein sein wollten. Irène wollte nicht, dass Leïla ihr vorlas, sondern lieber, dass sie von sich erzählte, von ihren Freunden, ihren Vergnügungen, sie hatte Lust, die Welt durch ihre Augen zu sehen.

Als er Irènes Haus verließ, beschloss Boris, zu Clara zu gehen. Sie fehlte ihm. Er verspürte eine körperliche Sehnsucht nach ihr, die ihm weh tat, ihn verwirrte und quälte. Er würde sich für Leïla bedanken, mit einer guten Neuigkeit anfangen – eine sanfte Versöhnung, ganz unauffällig so weitermachen wie vorher, als alles noch einfach war. Aber nichts war einfach, alles war kompliziert geworden, und in seinem Innern trieb ihn eine Stimme, sich zu beeilen, er war im Begriff, seinen Platz zu verlieren, er musste das Ruder wieder in die Hand bekommen, ihre Beziehung wiederherstellen, eine unschuldige, vertraute Beziehung, eine sanfte Selbstverständlichkeit.

Er hatte noch mehr als eine Stunde Zeit bis zur Probe, genug, um in der Rue Losserand vorbeizugehen, er wusste, dass sie da sein würde, sie bereitete ihre Interviews immer zu Hause vor, ehe sie ins Studio ging, ein feststehendes Ritual.

Es klopfte an der Tür. Clara zuckte zusammen. In Paris kommt man selten unangemeldet vorbei. Man meidet vergebliche Wege, ruft vorher an, taucht nicht einfach auf. Es klopfte lauter. Clara richtete sich auf wie ein lauerndes Tier, das die Gefahr abschätzt. Wer hatte erkannt, dass sie bereit war? Wer kam sie suchen? Es klopfte erneut, und sie erkannte seine Stimme. »Clara! Bist du da?« War sie da? Nein. Clara, die Geliebte von Boris Angelli, war nicht da, er irrte sich in der Frau, er irrte sich in der Beute. Sie waren ein schönes Paar gewesen, sie hatten sich beide dem angepasst, was die anderen erwarteten, was sich gehörte und so verlogen war, aber dieser Clara hatte sie sich gerade entledigt, sie hatte sie abgerissen wie tote Haut. Sie krallte die Hände in das Laken, ihre Hände glichen denen ihres Vaters, krumm und eingefallen. Er rief sie immer noch, da stand sie auf und näherte sich ganz vorsichtig der Wohnungstür. »Mach auf, wenn du da bist, mach auf!« Und je länger er sie bedrängte, umso mehr schmerzte es sie, sie hatte das Gefühl, die Stimme ihres Geliebten sei scharf und schneidend, er vergewaltige sie. »Mach auf, ich weiß, dass du da bist!« Mit welchem Recht klopfte er an ihre Tür, mit welchem Recht war er so hartnäckig? Und sie unterdrückte das Verlangen, zu brüllen, er solle abhauen, für immer verschwinden, sie biss sich auf die Lippen, unterdrückte das Verlangen, ihm ihre Anwesenheit zu offenbaren, mit den Nerven am Ende zog sie an ihren Haaren, ihren schönen weichen, dunklen Haaren, riss sie büschelweise aus, sie war verrückt, wenn er sie hätte sehen können, hätte sie ihm sicher Angst gemacht, er hätte endlich verstanden, dass sie reif fürs Irrenhaus war, wo die Gesichter scheußlich, die Körper unförmig sind, jetzt schrie sie, ein unverständlicher Schrei, wild, abgehackt, der Schrei ihrer Vorfahren, der Schrei der Anerkennung und der Zugehörigkeit zum Clan, und Boris rief sie, wiederholte ihren Namen, immer lauter: »Clara, Clara, Clara«, er wusste nicht, was er sagte, er rief eine andere, wie immer,

immer eine andere, niemals sie, ihr Kopf schlug gegen die Wand im Rhythmus dieses Namens, und sie zerkratzte ihr Gesicht, endlich, sie zerstörte es, verdarb diesen Verrat, diese feinen, anmutigen Züge, die sie von niemandem geerbt hatte, sie riss an den glatten Wangen, kniff in die feinen Lider, sie hörte Boris nicht mehr, er war geflohen, denn er hatte begriffen, dass sie wahnsinnig war, sie war hässlich, sie war im Leben das Erbärmlichste, das Archaischste und Gemeinste, eine schlechte Tochter, eine Verderbte wie ihre Mutter! Und plötzlich sprang der Riegel heraus, das Holz brach, Boris und der Hausmeister standen im Zimmer, sie brach zusammen, Schluchzen schüttelte sie, ihr blutiges, fleckiges Gesicht schlug auf das Parkett. Boris nahm sie in die Arme und winkte dem Hausmeister zu gehen.

Er hielt sie an sich gedrückt, ein zerrissenes, zuckendes Geschöpf an seiner Brust. Er hatte Angst, Angst vor ihr, hätte er ihr glauben müssen, als sie von ihrem Wahnsinn gesprochen hatte? Er hatte ihr niemals wirklich zugehört. Er hatte sie unterhalten. Mehr nicht. Jetzt würde er sich um sie kümmern. Sie zu einem Arzt bringen. Und brechen. Diesen Kreis des Unglücks zerbrechen, in den sie ihn ziehen wollte, und er dachte, dass er mit knapper Not entwischt war, er hätte ein Kind mit ihr haben, seinem Kind eine kranke Mutter und eine Kindheit voller Schmerzen bieten können. Aber jetzt war Schluss mit Kindheiten voller Schmerzen! Jetzt hatte sich alles geändert. Er war frei. Er würde ein Kind haben. Mit einer einfachen, gewöhnlichen Frau, die er vielleicht nicht lieben, aber an der er hängen würde, wie man an dem Seil hängt, das einen vor dem Absturz bewahrt. Er würde ein Leben führen, das nichts Bemerkenswertes, Beneidenswertes an sich hätte, das ihm niemand je würde stehlen wollen.

Clara weinte in seinen Armen. Er war weit weg. Ganz weit weg und an sie gepresst. Ganz weit weg und beschmiert von ihren Tränen, ihren blutigen Wangen, ihrer laufenden Nase. Clara verflüssigte sich in seinen Armen, sie war ungreifbar wie Wasser, das vorbeifließt und das man nicht festhalten kann.

Boris verliess das Krankenhaus und wusste, dass er sie nie wiedersehen würde. Clara war für ein paar Tage in der psychiatrischen Notfallstation aufgenommen worden, bis die Ärzte die Krise im Griff hätten – aber die Medizin würde nur den Anschein retten, da gab es keine Zweifel, Claras Vergangenheit würde nicht unter der Wirkung von ein paar Neuroleptika verschwinden.

Er verließ das Krankenhaus, das Gebäude stand hinter ihm, eine Festung, in der Clara jetzt schlief, einen künstlichen Schlaf, in dem sie sich von nichts erholen konnte. Sie war ohne Schmerz und ohne Träume, ohne Verlangen und ohne Erinnerung, was würde in ein paar Stunden geschehen, wenn sie die Augen öffnen würde? Er ersparte ihr die Schande. Er verschwand, ein unsichtbarer Zeuge ihres Wahnsinns, ein diskreter Liebhaber, ein dezenter Freund. Ein feiges Männlein.

Er ging nach Hause.

Er kochte Kaffee, weil man immer Kaffee kocht, wenn alles verloren ist, es gibt Gesten, die durch ihre Banalität retten, Gesten, die dem Leben gleichen, wenn sich das Leben davonmacht.

Er kochte Kaffee, den er nicht trank.

Er setzte sich neben die stumme Lautsprecherbox, vor der Clara am Tag der Beisetzung seines Vaters zusammengebrochen war, und weil dies der Ort der Tränen war, der Altar des Leidens, vielleicht auch, weil sie nie mehr da sein würde, weinte er. Die Tränen waren mächtiger als er, er bändigte sie nicht, sie sprudelten nicht nur aus seinen Augen, sie waren in seinen Händen, seinem Bauch, sie kamen von weit her, so viele Schmerzen, die er verjagt glaubte, Menschen, die er vergessen glaubte, Mangel, den er verdrängt glaubte. Es war ein Erdbeben, eine Sturmflut, er war weniger stark als der Schmerz, weniger stark als die Scham, er war einfach ein Mann, der weinte.

Er begriff, wie sehr er sie geliebt hatte, wie sehr er Clara immer lieben würde. Eine Liebe ohne Grund. Ohne Erklärung. Eine Liebe aus tausend unsichtbaren Strahlen, magischen Verbindungen, stummer Vereinigung, eine Liebe der Haut, der Zungen, der feuchten Körper, eine Liebe von Gerüchen und Schweiß, eine Liebe von Auseinandersetzung und Anerkennung, eine Liebe zusammengeschweißter Nächte, gemeinsamer Tage…

Konnte man das alles auf einmal, in einer Stunde verlieren? Kann ein Mensch verlöschen, ohne tot zu sein?

Langsam beruhigte sich sein Schluchzen. Er war berauscht von seinem Weinen. Betrunken und erbärmlich. Er dachte daran, wie oft er Clara betrogen hatte … Sie hätte es nicht verstanden, wenn er ihr gestanden hätte, wie sehr diese Frauen seine Liebe für sie verstärkten, wie sehr diese Frauen ihn ihr noch verliebter zurückgaben. Sie hätte es nicht verstanden, wenn er ihr gesagt hätte, dass sie nur eine Pause waren, ein Atemholen, das ihm half, noch tiefer in dieser schrecklichen Liebe für sie zu versinken … Aber warum hatten sie erklärt, sich als Freunde zu lieben? Warum hatten sie der Sonne nicht ins Gesicht gesehen?

Er dachte an ihre Geschichte, an die Erinnerungen, über die sie niemals gemeinsam reden würden, die Jahre, von denen sie nicht dasselbe bewahren würden, und an diese brutale Trennung, die jetzt schon alles verdarb. Er erinnerte sich an ihre erste Begegnung. Clara mit fünfundzwanzig, das war so viel Schönheit und Frische, das war eine Hommage an die Frau. Clara mit fünfundzwanzig, das war das Beste, was das Leben erschaffen konnte, das hatte er gedacht, als er sie zum ersten Mal sah. Damals hatte er sie nicht begehrt. Er hielt sie für unerreichbar. Zu schön. Zu strahlend. Und war sie nicht ohnehin die Geliebte eines bekannten Malers, eines Mannes um die Fünfzig, der sie behütete, als wäre sie sein kostbarstes Werk? Entgegen anderslautenden Behauptungen stand sie nicht für ihn Modell, niemand hatte Clara je ganz und gar besessen … Sie hatte den Maler für Boris verlassen. Er konnte es nicht fassen, deshalb tat er, als würde er es leicht nehmen, sie war mehr Freundin als Geliebte, nicht wahr, er änderte nichts an seinen Gewohnheiten, es gab weder Zwänge noch eine echte Verpflichtung … Und dann, ungeplant, hatte das Leben sie zusammengefügt wie zwei Farben, verbunden wie Fleisch und Blut, das Leben hatte sie mit einem Bann belegt, und sie hatten blind gelebt, ohne zu wissen, was sie verzauberte, vermeintlich frei und letztendlich … frei wovon?

Er überlegte, dass er fünfundvierzig war und noch nichts vollbracht hatte. Er hatte nur gespielt. Personen, die nicht er waren, Leben, die nicht das seine waren, und heute, vor diesem neuen Riss, erkannte er, dass er Gefühle immer nur dargestellt hatte, mehr nicht. Er hatte Figuren gestreift, und wenn er sie verstanden hatte, so hatte er sie doch nicht gespürt. Keine hatte ihn durchbohrt, wie ihn das Leben heute durchbohrte, keine hatte ihn hilflos, nackt, ausgeliefert zurückgelassen. Jetzt, mit fünfundvierzig, spürte er das Leben, machte diese unbarmherzige Erfahrung, und plötzlich dachte er an seine Eltern. Er war der Sohn eines Mannes und einer Frau, die ihn niemals getröstet hatten. Seine Mutter war gestorben, als er drei Jahre alt war, sicher war sie wie alle Mütter nachts aufgestanden, bei Hunger oder Durst, hatte den Schmerz der ersten Zähne und der ersten Stürze gemildert, aber sie hatte nie seine Angst vor der Zukunft getröstet, und die Zukunft war die Entbehrung und das Verlassenwerden.

Er weinte wieder, leise, feine Tränen rannen seinen Hals herunter, fielen auf seine Hände, er weinte um seine Mutter, das Bild, das man sich von einer Mutter macht, das Verlangen, das man nach ihr verspürt, er weinte um sie wie über eine Ungerechtigkeit, eine geraubte Zärtlichkeit. Er sah sich wieder im Tenon-Krankenhaus auf der Suche nach diesem so nahen Vater, der sich wieder entzog, waren Boris' Engel real oder nur Illusion, Hoffnung als optische Täuschung?

Maurice Pinchon. Ein lächerlicher Name. Ein Leben ohne Bedeutung. Das Leben eines Mannes, der unfähig war, die Liebe anzuerkennen, ein Dasein ohne Gewicht und ohne Verankerung.

Boris Angelli. Ein geschickter Schauspieler mit schöner Visage und tadelloser Technik, ein armer Hampelmann, der andere hinters Licht führte.

Er weinte nicht mehr. Sein Atem wurde tiefer, geschmeidiger und sein Körper müde wie nach einem Kampf. Clara war inzwischen vielleicht aufgewacht ... sicher war sie aufgewacht. Aber er würde sie nicht wiedersehen. Nie mehr diese Frau in seinen Armen. Nie mehr diese Frau. Nie.

Sie hatten sich also alle irgendwann geliebt. Sie waren sich durch Zufall begegnet, sie hatten einander grundlos gefallen, sie hatten sich für das Leben vereint, und an diesem Nachmittag warteten sie in den Gängen des Gerichts, standen Schlange. Wie damals, um ihre erste gemeinsame Wohnung zu besichtigen, wie vor dem Kino, Hand in Hand, im Konzert, vor Weihnachten im Süßwarenladen, vor einem Nachtlokal, an all den Orten, wo sie zusammen gewartet hatten, plaudernd, mit flüchtigen Küssen, und während sie so warteten, vor der Tür eines Hochhauses, vor dem Kino, verging die Zeit und lauerte auf sie. Sie hatten nicht aufgepasst. Sie liebten sich. Es gab heimliche Hochzeiten und prächtige Hochzeiten, die Auswahl des Kleides und der Gäste, die Hochzeitsreise in ein sonniges Land, all die banalen, einzigartigen Geschichten, mit dem Brenneisen in ihr Leben graviert. Und dann das Kind. Gewünscht. Oder ungeplant. Das Kind, das die Organisation und die Ruhe eines Lebens über den Haufen warf, das manchmal von der Langeweile ablenkte, das sie glauben ließ, alles sei noch möglich, und sie hatten begeistert ihre neue Rolle gespielt: Vater und Mutter, das waren sie geworden, und Angst mischte sich in die Freude, Zwang in das Neue, sie lernten jeden Tag dazu und glaubten selbst zu wachsen, aber die Zeit ging weiter, und heute trieb sie endlich ihre bunte Herde zusammen, ihre Herde von Getrennten.

Elisabeth wartete, schön, zurechtgemacht wie für eine Zeremonie, mit dem lächerlichen Bedürfnis, eine gute Figur zu machen. Sorgfältig hatte sie ihre Kleidung ausgewählt, sehr weiblich, denn eine gute Mutter ist weiblich, diskretes Make-up, denn eine gute Mutter ist nicht vulgär, und sie hatte ein Lexomil genommen, denn eine verantwortliche Mutter beherrscht sich.

Ihre Anwältin hatte sie auf die Rolle vorbereitet wie ein Coach: keine Aggressivität, kein Gejammer und keine Ergüsse, konkret sein. Einfach nur konkret. Sie musste dem Richter sagen, wie sie sich um die Kinder kümmern würde, wer sie während des Drehs in Tunesien hüten würde und unter welchen Umständen. Orte. Namen. Daten. Planung. Perfekt.

Ihr gegenüber wartete auch Pascal, ignorierte seine Frau … seine Fast-Frau, seine »Ex«, wie es hieß – eine Liebesgeschichte in zwei kurzen trockenen, unwiderruflichen Buchstaben zusammengefasst. Pascal hatte seit einiger Zeit keinen Blick mehr. Alles an ihm floh, stahl sich davon, er schmuggelte sich in Elisabeths Leben und verpasste ihr Schläge, die sie zu parieren lernte.

Das Leben zu zweit war die Hölle. Sie sagten sich weder guten Tag noch auf Wiedersehen, aber jeder lauerte auf das

Kommen und Gehen des anderen – vor allem das Gehen. Um Luft zu holen, sich auf das Telefon zu stürzen oder einen Moment der Ruhe mit den Mädchen zu genießen. Da aber der eine nicht wusste, wo der andere war und wann er zurückkommen würde, wusste man nie, wie lange diese Ruhepause dauern würde. Also waren es fieberhafte Momente, die Kinder verstanden gar nichts mehr: diese plötzlichen Umarmungen, die nervösen Liebesworte, die Geschenke, die sich zu wünschen sie keine Zeit gehabt hatten, und der Streit, der aufflammte, sobald die Eltern sich wieder sahen. Sie waren unglücklich. Sie zeigten es nicht. Sie hatten verstanden, dass sie von nun an ihren Schmerz verbergen, ihre Gefühle zurückhalten mussten – sie hatten die Angst eines Elternteils bemerkt, wenn sie dem anderen einen Kuss gaben, und abends wagten sie nicht einmal mehr, eine Einschlafgeschichte zu verlangen, denn, das war neu, auch Pascal wollte sie ins Bett bringen, und nachdem er sich mit Elisabeth gestritten hatte, wer »Das Mädchen mit den Schwefelhölzern« vorlesen würde, verlangten sie gar nichts mehr. Camille erzählte Elodie Geschichten von herrlichen Prinzessinnen und Prinzen, dann sprachen sie miteinander und überlegten vergeblich, was sie angestellt hatten, um es dazu kommen zu lassen. Also versuchten sie kleine Mustertöchter zu sein. Um wieder eine Musterfamilie zu haben. Sie zügelten sich, zwangen sich zur Freundlichkeit, das änderte nichts an der verlorenen Liebe zwischen ihren Eltern, und als ihnen die Kräfte und der Mut ausgingen, bekamen sie schließlich heftige Wutanfälle. Das würde sich alles geben, wenn Pascal und sie getrennt wären, dachte Elisabeth, und auch sie fragte sich, warum ihr Leben so unvermittelt umgeschlagen war.

Heute war sie allein, allein zwischen diesen zerstörten Paaren, alle vereint durch Verwirrung und Furcht, alle erschöpft, wachsam, vom Leben getäuscht. Einige sprachen allerdings miteinander. Elisabeth hasste sie. Die guten Freunde. Diejenigen, die sich leicht trennten, weil sie sich leicht geliebt hatten, ruhig und lau. Sie hasste sie und beneidete sie. Diese da mussten sich nicht um das Sorgerecht zerfetzen. Sie hatten ihre Ehe verpatzt, die Scheidung gelang ihnen gut. Jeder nach seinem Ehrgeiz.

Sie dachte an Clara. Sie brauchte sie. Jemanden, um es zu feiern, das Ende einer Beziehung zu feiern, den Tod einer Familie, eine Freundin, die verstand, dass der Champagnerkorken auch in den erbärmlichsten Momenten knallen muss. Sie dachte an ihre erste Begegnung bei Pascals Premiere, als sie noch die Frau des Regisseurs war, zu der man sagte: »Du siehst heute Abend besonders gut aus«, sie sah die Paare, die sie damals gebildet hatten, »die Frau von«, »die Freundin von«, und jetzt, ein paar Monate später, wie würden sie einander ausweichen, wenn ein Theaterfoyer sie erneut zusammenbrächte, wie verlegen und verstört wären sie!

Eine junge Frau kam weinend aus dem Zimmer des Richters. Ihr Anwalt stützte sie. Hatte diese Frau das Sorgerecht für ihre Kinder nicht erhalten? Elisabeth packte das Entsetzen, es kam ihr vor, als müsse sie eine Prüfung ablegen, als sei der Prüfer ein Mistkerl … Ein Leben lang legt man Prüfungen ab. Vorsprechen. Wettbewerbe. Ein Leben lang wird man vorgeladen. Erwartet man ein Urteil. Die Ergebnisse medizinischer Untersuchungen, Noten, Beurteilungen. Ein Leben lang gehorchen.

Ihre Anwältin kam zu ihr. Sie war guter Dinge, sie hatte eine Viertelstunde mit einer Kollegin geschwatzt, und anscheinend hatten sie sich gut amüsiert.

»Das wird schon, Elisabeth, entspannen Sie sich.«

»Ich bin entspannt.«

»Der Versöhnungsversuch wird sicher mit der Zustimmung zur räumlichen Trennung enden.«

»Aber die Kinder …«

»Mit den Kindern wird alles gut! Fassen Sie sich, in zwanzig Minuten sind Sie dran, das ist nicht der richtige Moment um sich hängen zu lassen.«

Alles geht gut, sagte sich Elisabeth. Ich bekomme meine Töchter. Ich bekomme meine Töchter. Ich bekomme meine Töchter. Sie versuchte sich zusammenzunehmen, wieder in die Haut der starken, verantwortungsbewussten Frau zu schlüpfen, versuchte all die Ertrunkenen zu übersehen, die um sie herum durch den Gang des Justizpalastes schwammen. Sie hatte alles. Willen. Gesundheit. Zwei wunderbare kleine Töchter. Und einen einzigartigen Beruf, diese Rolle, die sie gerade angenommen hatte, diese Frau, die ihr Leben lang gekämpft hatte, als siegte der Kampf über die Angst, als erhebe sich das Licht nur aus der Dunkelheit, aus dem Schwarz als Gegenteil zu Weiß, wie auf einem Foto ... Sie dachte an Claras Fetischfoto. Sie war auch diese Frau gewesen, die ihre Hand auf den gerundeten Bauch legt, sie würde kämpfen, um ihre Kinder zu schützen, seit Millionen Jahren führten die Frauen diesen Kampf.

Sie seufzte tief, die junge Frau, die direkt vor ihr stand, sah sie erstaunt an, und Elisabeth lächelte zurück mit allem, was sie war, ihrer Freude, ihrer Begeisterungsfähigkeit, ihrer Energie, nichts Schlimmes konnte ihr mehr zustoßen.

Nach dem Urteil ging Elisabeth zu Clara. Um ihr zu sagen, dass es vorbei war. Pascal würde die Wohnung verlassen, alles würde saniert, gereinigt werden, jeder würde seinen Platz einnehmen! Wie schön sie sich das Leben mit ihren Töchtern einrichten würde! Ein Leben zu dritt, die drei Mädels, die drei Vertrauten, sie würden sich unterstützen, sich ohne Hindernisse und ohne Zeugen lieben. Ja, das musste sie Clara sagen, diese neue Freude teilen, diese Befreiung, die sie seit Jahren erwartete, ohne es zu wissen, denn erst jetzt nahm sie wahr, wie sehr das Leben mit Pascal sie belastet hatte, wie sehr sie sich in eine Rolle, eine gesellschaftliche Funktion gefügt hatte, wie sehr sie sich gewünscht hatte, dass es funktionierte, und wie viele Kompromisse sie dafür eingegangen war, die sie für Beweise ihrer Liebe hielt. Eine Familie ist ein Geschenk. Sie hatte es nicht bekommen, na und? Eine Beziehung war vergänglich. Mutter würde sie für immer sein.

Sie kam in die Psychiatrische Klinik *Mon Repos*, wo Clara seit zwei Wochen war. Es war nicht weit weg von Paris, kaum fünfundzwanzig Kilometer, aber es war eine andere Zeit, ein anderer Rhythmus, auch ein anderes Licht. Hier waren weniger Menschen, mehr Zurückhaltung und Steifheit als in Paris, es war kälter, die Luft war frisch und rein, wie auf dem Land, aber es war eine Zwischenwelt: die Vorstadt, nah bei allem, im Zentrum von nichts. Der Wunsch nach einer ordentlichen, in sich geschlossenen Welt.

Die Klinikflure waren blassrosa, Fotos hingen an den Wänden, Berge und Pferde, Fluchtvisionen, übliche Fantasien, denen niemand Aufmerksamkeit schenkte. Hier betrachtete niemand die Reproduktionen, man übte sich in Ruhe. Man lief langsam, sprach leise, grüßte mit einem kurzen Nicken. Hier nahm man sich Zeit für das Leid, man empfing es mit religiöser Andacht, man weinte, man schlief, machte manchmal einen Rundgang durch den Park, ehe man allein in seinem Zimmer aß.

Elisabeth klopfte leise an Claras Tür und trat vorsichtig ein. Sie lächelten sich an, ein Zeichen des Wiedererkennens, nicht des Wohlbehagens. Sie setzte sich auf das Bett der Freundin, das war schon Gewohnheit. Meistens sahen sie sich an, ohne zu sprechen, oder sie sagten Nichtigkeiten: Die Infusion ist durchgelaufen, der Psychiater war da, kannst du die Blumen rausbringen, die Karaffe hierher stellen … Sie begannen von null, vorsichtig erlernten sie das Leben neu. Einfache Bewegungen. Unmittelbare Bedürfnisse. Im Moment war Clara ohne Wünsche. Weder Lektüre. Noch Radio. Noch Fernsehen. Noch Telefon. Sie wollte nichts. Keine Bezugspunkte, keine Gefühle, keine Überraschungen, nur etwas Ruhe. Transparenz.

Elisabeth nahm ihre Hand, Clara trug keine Ringe oder Armreifen mehr, sie war ohne Schutz, von allem entblößt.

»Pascal wird ausziehen. Ich habe das Sorgerecht …«

Schon lange hatte sie der Freundin nichts mehr von sich erzählt, schon lange blieben Sorgen und Schwierigkeiten unerwähnt.

»Ich habe meine Töchter. Das habe ich gewonnen. Und du wirst auch gewinnen, verstehst du? Weißt du, dass das ein Zeichen ist, glaubst du noch an Zeichen?«

Und sie erkannte, wie sehr sie Clara brauchte, Claras Glauben, der nicht ihrer war, Claras Kämpfe, mit denen sie nichts zu tun hatte. Claras Genesung würde auch ihre Heilung sein, ihre wiedergefundene Harmonie.

Zum dritten Mal an diesem Morgen kontrollierte sie Elodies Kopf. Sie hob das feine Nackenhaar hoch, führte mit zitternder Hand wieder und wieder den Läusekamm hindurch, offensichtlich war nichts mehr übrig.

»Bist du sicher, dass es nicht mehr juckt?«

Das Mädchen nickte seufzend. Sie verstand nicht, warum ihr Haar plötzlich so wichtig geworden war, aber sie spürte, dass es eine Katastrophe ausgelöst hatte. Sie wusste nicht, wann und wo sie diese Läuse bekommen hatte, aber sie wusste, dass ihre Unachtsamkeit den Beginn einer Tragödie darstellte. Für immer würde sie sich daran erinnern, dass Läuse haben ein Vergehen war, für das man bestraft wurde. »Umfeldanalyse«. Sie hatte sich das Wort gemerkt und wartete voller Entsetzen auf das Erscheinen der Sozialarbeiterin, die sich bestimmt mit einer riesengroßen Inspektorenlupe über ihr Haar beugen würde. Sie konnte deshalb schon nicht mehr schlafen. Sogar die Schule hatte sie für eine Woche ausgeschlossen. Sie war unglücklich und ansteckend. Klein und schmutzig.

Die Sozialarbeiterin würde bald kommen, und Elisabeth putzte immer noch die schon blitzsaubere Wohnung. Camille sah ihr verärgert zu. Sie war wütend, weil Elisabeth die Poster ihrer Lieblingssängerinnen aus ihrem Zimmer verbannt hatte, weil sie angeblich zu vulgär waren, und ihre Lieblingsvideos weggeworfen hatte. Alle in ihrer Klasse sahen »Dragon Ball Z«, aber Elisabeth hatte ihr erklärt, diese Trickfilme seien in Japan für Erwachsene bestimmt, nur für Erwachsene, und in ihrer Wohnung würde es künftig auch so sein.

Es war selten, dass sie so putzte, es sah auch so aus, als würde sie nicht sauber machen, sondern eher versuchen, etwas auszulöschen, Spuren, Beweise, »Abdrücke«, dachte Elodie.

Das war alles absurd. Niemals würde man ihr das Sorgerecht für ihre Kinder entziehen, nur weil Pascal entdeckt hatte, dass Elodie voller Läuse war! Jeden Morgen kontrollierte sie die Frisur der Mädchen, wie hatte ihr das nur entgehen können? Aber man würde doch ihre Liebe zu ihren Töchtern nicht an dieser banalen Unaufmerksamkeit messen? Sie sah sich in der Wohnung um, die sich selbst nicht mehr glich, den Zimmern, die so aufgeräumt waren wie in einem Katalog »Schöne Möbel – Schönes Leben«, die Erotikabteilung ihrer Bibliothek hatte sie unter ihr Bett geschoben, *Ursprung der Welt* von Courbet aus ihrem Schlafzimmer verbannt ... jetzt war alles glatt, anonym, man hätte, wenn man ihre Wohnung betrat, nicht zu sagen vermocht, ob sie vierzig oder siebzig war, Künstlerin oder pensionierte Postbeamtin ... und diese Sozialarbeiterin, die über sie urteilen würde, woher nahm sie ihre Macht? Von ein paar Jahren Studium? Von einem Diplom? Und wie sah es bei ihr zu Hause aus? Gab es einen Vibrator unter ihrem Kopfkissen und zerlöcherte Strümpfe unter ihrem Bett? Wusste sie, diese Vertreterin einer sauberen Welt ohne Unebenheiten, dass Kinder in Blut, schmutzigem Wasser und Scheiße geboren werden? Wusste sie, dass sie einen zerreißen, um zur Welt zu kommen, dass einem das Geschlecht zerschnitten wird, damit sie herauskönnen, und dass Elisabeth immer noch die Narbe trug? Aber von dieser Narbe war keine Rede. Lieber wurden das Abwaschbecken und die Shampoomarke überprüft. Wusste sie, dass Elisabeth sich bei jeder angenommenen Rolle, bei jeder abgelehnten Rolle fragte, ob ihre Töchter stolz auf sie sein würden? Nein. Man fragte sie lieber nach Zeitplänen und Drehorten: Wie viele Kilometer würden sie trennen? Keiner. Kein Kilometer würde sie je trennen, denn selbst der Tod würde sie nicht auseinanderreißen, denn alles war dafür geschaffen, sie zu vereinen, Freude und Schmerz, Entfernung und Anwesenheit, sie webten ihr Leben gemeinsam, drei Fäden mit so engem Schuss, dass man alle drei berührte, wenn man einen berührte.

Es klingelte. Es war, als hätte jemand auf Elisabeths Herz gedrückt, ein Elektroschock. Sie drehte ihr Haar zu einem Knoten, dann strich sie es brav hinter die Ohren und ging aufmachen. Die Mädchen waren in ihrem Zimmer verschwunden.

Die Sozialarbeiterin war jung, ihr kurzes Haar umrahmte ein kleines, olivbraunes, ungeschminktes Gesicht, sie war schmächtig und in Grau gekleidet, gerade so, als wäre sie aus dem Metallschrank einer Verwaltung gestiegen.

Das ist nur eine Kleinigkeit ... dachte Elisabeth, nur eine Kleinigkeit...

Sie ließ sie im Wohnzimmer Platz nehmen, bot ihr einen Kaffee an, den die Sozialarbeiterin mit einer kleinen Geste ablehnte. Sie stellte die Tasche neben ihre Füße, blinzelte heftig und legte ohne Einleitung los:

»Wie Sie wissen, hat die Richterin nach der Klage, die Monsieur Pascal Blanchard gegen Sie erhoben hat, eine Umfeldanalyse angeordnet. Ich werde Ihnen einige Fragen stellen, Ihnen und Ihren Töchtern. Ich spüre, dass Sie etwas angespannt sind, beruhigen Sie sich, ich bin nicht hier, um Ihnen eine Falle zu stellen, es geht um das Wohl Ihrer Kinder.«

Um das Wohl meiner Kinder ... dachte Elisabeth, und sie spürte sogleich die Gefahr, die diese Frau darstellte, spürte, was sie an Gesetzestexten, Kriterien und Änderungen im Schlepptau hatte, sie war sicher mit neurotischen Ängsten vor Gefahren, der Furcht vor Krankheit und zwanghafter Hygiene aufgewachsen, sie verströmte Gewöhnlichkeit und Vernunft.

»Rauchen Sie?«, fragte die Sozialarbeiterin und wies auf den Aschenbecher auf dem Couchtisch.

Elisabeth starrte erstaunt auf den Aschenbecher. Wie

hatte sie ihn dort vergessen, ihn mit einer normalen Dekoration verwechseln können?

»Nein, ich rauche nicht, das ist ein Aschenbecher ... Das ist ein Aschenbecher aus Marokko, wie Sie sehen können ... das ist ein Aschenbecher ... ein Andenken.«

»Monsieur Blanchard sagt, dass Sie rauchen. Sehr stark. Dass die Kinder häufig an Sinusitis und Bronchitis leiden.«

»Wollen Sie ihr Gesundheitsheft sehen? Mein Mann ... ich meine ihr Vater hat sie niemals zum Kinderarzt gebracht, wie kann er ...«

»Regen Sie sich nicht auf!«

Elisabeth holte tief Luft. Die Frau hatte Recht, sie würde ihren Nervenzusammenbruch besser verschieben, bis sie allein wäre, das würde den Gesetzen besser entsprechen.

»Monsieur Blanchard hat behauptet, dass Sie am 11. Januar Ihre Töchter eine Stunde vor Unterrichtsschluss aus der Schule geholt haben und dass Ihre ältere Tochter – Camille? –, dass Ihre ältere Tochter dadurch traumatisiert wurde. War Ihnen die Brutalität ihres Handelns bewusst?«

Elisabeth konnte es nicht fassen. Sie erinnerte sich an Pascals Empfang, als sie mit Clara vom Rundfunk gekommen waren, an das Essen, das er ihnen pfeifend zubereitete, und jetzt ... jetzt! Was führte dieser Mann nur für ein Leben? Wie konnte er so viel Zeit auf so gemeine Aktionen verwenden, wie konnte er sich so was überhaupt ausdenken?

»Mein Mann … Monsieur Blanchard hatte mir gerade mitgeteilt, dass er seit zwei Jahren eine Geliebte hat … ich hatte … ich hatte Angst. Er hat mir Angst gemacht.«

»War er gewalttätig?«

»Nein.«

»Hat er Drohungen bezüglich der Kinder von sich gegeben?«

»Hören Sie, Mademoiselle, seit sieben Jahren bringe ich meine Töchter in die Krippe und die Schule, wenn ich drehen muss, kümmert sich ein Babysitter darum, die Schuldirektorin hat meinen Mann … meinen Exmann zum ersten Mal am 11. Januar gesehen. Verstehen Sie, was ich sagen will?«

»Monsieur Blanchard sagt, dass Sie trinken, vor allem, wenn Sie mit den Kindern allein sind, er sagt, dass er mehrfach Whisky- und Pflaumenschnapsflaschen gefunden hat, wenn er aus dem Theater kam.«

Elisabeth sah sie an, ohne zu antworten. Was gab es da zu antworten? Welche Verbindung bestand zwischen dem Alkohol und ihren Töchtern, hätte sie darauf achten müssen, war sie wirklich im Unrecht?

»Außerdem behauptet er, dass Sie zusätzlich Alkohol zum Lexomil nehmen. Nehmen Sie Medikamente?«

Ja! Ja! wollte sie schreien, sie schluckte Lexomil, weil er schlecht vögelte, weil sie frustriert, unglücklich und verlassen war, weil es Grund genug gab, verrückt zu werden.

»Glauben Sie, dass alle Frauen, die vor dem Einschlafen Lexomil nehmen, schlechte Mütter sind?«

Die andere kratzte sich am Knie, das Schaben ihrer Nägel auf der dicken Strumpfhose war unerträglich, Elisabeth erschauerte vor Abscheu, als sie dieses Mädchen ansah, das so weit weg war von den Leiden des Lebens ... und plötzlich sah sie, wie sie sich aufrichtete, die Augen aufriss, ihren kleinen Hals reckte, sie hörte das Lachen ihrer Töchter. Sie drehte sich sofort um. Die beiden waren verkleidet, ja, als Hexen verkleidet, abstehende Haare auf den Köpfen, mit Gel gestärkt, schwarze Warzen auf die Wangen gemalt, lackierte Fingernägel, und Camille ritt fröhlich auf einem Besen. Unvorstellbar, dass sie sie eine Stunde zuvor angezogen hatte, als kämen sie direkt von Jacadi, jetzt glichen sie zwei entlaufenen Waisenkindern aus dem 16. Arrondissement, es fehlten nur noch die Kittel und der Haarreifen.

»Camille und Elodie ...«, sagte sie mit einem gequälten Lächeln für die Sozialarbeiterin. »Sagt der Dame guten Tag...« Sie winkte sie heran, Camilles Besen warf eine Vase um, die roten Tulpen landeten auf dem Teppichboden, Elisabeth schwankte zwischen Wut und nervösem Lachen, jetzt oder nie musste sie der Sozialarbeiterin beweisen, dass sie entschieden, aber nicht zu streng war, wohlwollend, aber nicht zu lax, sie stand auf, um die Blumen einzusammeln, sagte, das sei eine große Dummheit, aber Maman sehe wohl, dass sie es nicht mit Absicht getan habe, sie hatte das Gefühl, wie in der Ratgeberecke eines Frauenmagazins zu reden. Die Kinder setzten sich stolz auf das Sofa, der Dame gegenüber, die lächelte, dass es ihr beinah die Mundwinkel aufriss.

»Wir sind die Läusehexen!«, rief Elodie.

Elisabeth traute ihren Ohren nicht! Sie hatte den Mädchen zwanzigmal erklärt, was sie zum Thema Läuse zu sagen hätten und dass sie vor allem, vor allem nicht als Erste davon sprechen, die andere kommen lassen, vorsichtig das Terrain erkunden sollten.

Die Sozialarbeiterin hörte endlich auf zu lächeln und begann mit einer Stimme, die sanft klingen sollte, einer Stimme extra für empfindsame Kinder, für diese armen Scheidungskinder:

»Wer von euch beiden hat denn Läuse?«

»Alle beide!«, antworteten sie im Chor.

»Das ist nicht wahr, die Kleine, nur die Kleine hat Läuse gehabt, ich habe alles sauber gemacht, damit die Große sie nicht bekommt: Wäsche, Kissen, Kleidung, ich habe auch Pulver gestreut und vorsorglich beide mit Spezialshampoo gewaschen …«

Camille unterbrach sie ruhig, sie sprach gesetzt, mit dem etwas feierlichen Ton, den sie aufsetzte, wenn sie Lehrerin oder Verkäuferin spielte:

»Ich werde es Ihnen erklären. In der Schule gibt es Wettbewerbe. Läusewettbewerbe. Wir tauschen Mützen und Schals, meine Schwester und ich hätten fast gewonnen, aber in diesem Jahr waren wir nur zweite … na ja, von fünfzig, das ist nicht schlecht.«

Schweigen. Die Sozialarbeiterin griff nach ihrer Tasche, stellte sie nervös auf ihre zusammengepressten Knie, sie schien zu zögern. Elisabeth sah sie kläglich an, mit nassen Füßen, eine Tulpe in der Hand, die Mädchen warteten mit einer Geduld, die sie nicht von ihnen kannte. Die andere stellte ihre Tasche wieder ab, gewann ihre Ruhe und ihre sanfte Stimme zurück:

»Was habt ihr denn gestern Abend mit Mama gegessen?«

»Chips und Cola!«, platzte Elodie heraus.

Seit zehn Tagen berechnete Elisabeth die Kalorien, stellte ausgewogene Mahlzeiten zusammen, zwang die Kinder, Gemüse zu essen und die Abende mit Hamburgern vor idiotischen Fernsehserien zu vergessen.

»Grüne Bohnen und gekochten Schinken … unbehandelt«, sagte sie leise, mit flehender Stimme.

»Stimmt das?«

»Nein«, sagte Camille mitleidig.

Die Sozialarbeiterin starrte auf ihre Schuhspitzen, schien einen Moment zu träumen. Die Mädchen schwiegen, irgendetwas geschah im Kopf der kleinen grauen Dame, sie hatte alle Karten in der Hand, welche würde sie ausspielen? Elisabeth rührte sich nicht, wagte nicht mal ihre Töchter anzusehen, die Situation war ihr völlig entglitten, sie balancierte auf einem dünnen Seil, ein Windhauch hätte sie umwerfen können. Plötzlich packte die Sozialarbeiterin mit einer Energie, die man ihr nicht zugetraut hätte, erneut ihre arme Tasche, stand auf und sagte mit sicherer Stimme:

»Also ich glaube nicht an eure Hexengeschichten! Ich sehe hier nur Prinzessinnen!« Und sie machte eine Geste, die aus ihrer Kindheit kam, aus ihren geheimen Spielen, ihren einsamen Auftritten vor dem Spiegel: Sie machte einen tiefen Knicks.

Das ließ sie alle drei erstarren. War es Ironie? Wo war die Falle? Aber sie trat zu Elisabeth, reichte ihr eine feuchte Hand und flüsterte:

»Machen Sie sich keine Sorgen.«

Elisabeth hätte ihr gern ihre Tulpe geschenkt, aber sie war nicht sicher, ob die andere so weit gehen wollte. Sie antwortete nichts, brachte sie auch nicht zur Tür, sondern sah sie aus dem Wohnzimmer gehen und verschwinden…

Alle drei lauschten sie auf die eiligen Trippelschritte im Treppenhaus, dann stürzten sie zugleich zum Fenster, um die graue Dame die Straße hinuntergehen zu sehen. Dann erst wandten sie sich einander zu, ohne ein Wort, brachen in Lachen aus, stießen spitze, wilde Schreie aus, umarmten sich und hüpften zu dritt in die Luft, Elisabeth hatte gewonnen, vielmehr hatten ihre Töchter gewonnen, sie konnten kämpfen, sie hatten alles verstanden, alles gelernt, Elisabeth würde nie mehr allein sein, sie war beschützt von zwei kleinen Wesen von fünf und sieben Jahren.

Madame,
Sie kennen mich nicht. Ich aber habe mein Leben lang an Sie gedacht, mein Leben lang habe ich geglaubt, Sie wären alle Frauen, ich habe geglaubt, jede von uns sei auf die Welt gekommen, um zu leiden. Mein Großvater hieß Robert Mercier, er war Milizionär. Das Kind hieß Jean. Ich bin Ihre Enkeltochter Clara.

Elisabeth steckte den Brief in die Tasche.

Diese ferne Frau suchen, diese Braut ohne Mann, diese Mutter ohne Kind, diese unbekannte Großmutter wiederfinden, das hieß nicht unbedingt, das Geheimnis aufzuklären. Es konnte Hindernisse, Ablehnung geben. Ein Abgrund. Noch einer. Aber das Leben in Clara forderte hartnäckig sein Recht zurück, und das Leben sagte ihr, dass es möglich war: sich wieder binden, sich an Isabelle Bon halten, beschließen, sich auf diesen Zweig zu setzen. Um zu wissen, von wo aus man davonfliegen kann.

Der Brief in Elisabeths Tasche wog mehr als sein Gewicht, war länger als die wenigen Zeilen, er forderte die Zeit heraus. Clara wusste, dass sich ihre Freundin vor der Reise fürchtete; sie hingegen hatte Vertrauen. Das Telefon in ihrem stillen Zimmer war angeschlossen worden.

Sie würde warten.

Am nächsten Tag fuhr Elisabeth nach L'Isle-sur-Sorgues. In Avignon mietete sie ein Auto, sie war sehr früh mit dem Zug angekommen, in jenem erbarmungslosen Licht, das den Horizont weitete, einen mächtigen, reinen Himmel öffnete, und es schien ihr, als biete diese Reinheit keinerlei Zuflucht, alles war ausgesprochen, die Schatten verschwunden, jede Zuflucht entblößt. Die Fahrt von Avignon nach L'Isle war kurz, und sie bedauerte es. Sie wäre gern lange über diese kleinen Straßen gefahren, hätte sich gern auf das vorbereitet, was sie erwartete. Sie wollte stark und entschlossen sein, aber sie war aufgeregt, etwas hilflos. Heute fuhr sie den Weg zurück, sie ließ den Film rückwärts laufen, und als sie am Stadtrand das Schild »L'Isle-sur-Sorgue« sah, traf es sie mitten ins Herz. Hier war die Wirklichkeit, die Tragödie hatte einen Namen, das Unglück hatte einen Ort.

Sie ließ das Auto auf dem Parkplatz des Hôtel des Névons stehen und ging zu Fuß ins Dorf. Der Vers von René Char setzte sich in ihr fest, ohne dass sie danach gesucht hatte: »Lange einsam weinen führt zu etwas hin.« Dieser Satz hallte in ihr, so eindringlich wie eine Spruchweisheit, ein Volksglauben. Sie wiederholte ihn, während sie ziellos den Kanälen und Gassen folgte, die ins Zentrum von L'Isle führten, sie wusste nicht, wohin sie gehen sollte, wo sie die alte Dame finden würde, die Isabelle Bon hieß. Sie sah das Gesicht von Claras Vater vor sich, den Finger an seinem Hals, den mimisch dargestellten Selbstmord und die Angst, die noch in ihm war. Die Angst. Seit Generationen.

Sie kam zur Place de la Liberté und betrat das Café de France. Es war ein altes Café mit hoher Decke und Holzdielen, gegenüber der Kirche – früher waren die Männer hier beim Trinken unter sich geblieben, während die Frauen in der Messe waren, sie stellte sie sich vor, sah sie in ihren allzu steifen Anzügen, spürte die Gespenster, die Berührung vergangener Leben, kaum eine Sekunde war vergangen zwischen deren Zeit und ihrer, sie spürte, wie zerbrechlich ihr Dasein war, und dann dachte sie mit einer Aufwallung heftiger Liebe an ihre Töchter. Was hatte sie ihnen bis heute übermittelt? Wenn sie morgen starb, würden sie sich dann an ihre Mutter erinnern? An all die Liebe, die Zeit, die unendliche Geduld …? Welches Bild würden sie bewahren? Was würden sie von ihren Kämpfen, ihrer Anstrengung, ihren Fehlern behalten? Hauptsache, sie unterwerfen sich nie, Hauptsache, ich gebe ihnen die Unbeugsamkeit mit, dachte sie.

Am Nebentisch lachten junge Leute, die Jungen lachten brüchig, etwas spöttisch, und die Mädchen … wie hübsch die Mädchen waren! Warum lachten die Jungen? Sollten sie nicht besser schweigen und zu begreifen suchen, warum diese Mädchen so hübsch waren? Man sah, dass sich die Mädchen sorgfältig für sie zurechtgemacht hatten, sie waren kokett, auch etwas ungeschickt in ihrer Koketterie, sie taten ein bisschen zu viel, und das war rührend. Bald würden Camille und Elodie diesen Mädchen gleichen, etwas ungeschickt und so schlecht wahrgenommen von diesen unentschlossenen Burschen …

Der Kellner nahm die Bestellung auf. Elisabeth fragte ihn, ob es in L'Isle ein Altersheim gebe. Er wusste es nicht und empfahl ihr, sich im Fremdenverkehrsamt zu erkundigen. In dieser Stadt wusste man also nicht, wo die Alten waren. Um sie zu finden, musste man zur Touristeninformation gehen, als wollte man die Adresse eines Museums oder eines netten Hotels erfahren …

Ehe sie zur Information ging, betrat sie die Kirche, die Stiftskirche Notre-Dame-des-Anges.

Sie zündete eine Kerze an. Ohne Grund. Ohne Glauben und ohne Gebet. Aus Aberglaube vielleicht oder für die Religion, die sie nicht verstand, die Bitte, die sie nicht äußern würde, die aber so viele Frauen vor ihr geäußert hatten, und wenn sie auch nicht bei Gott war, so war sie doch zumindest bei diesen Frauen.

An der Wand stand auf einer rosa Marmorplatte die lange Liste der für das Vaterland Gefallenen. Man hatte mehr Zeit dafür gebraucht, die Namen einzugravieren, als dafür, diese Männer zu töten. Mit etwas Vergoldung hatte man das geringe Aufsehen gesühnt, das man um sie gemacht hatte, und ihre Namen waren in der Kirche verzeichnet wie ein bitteres Gewissen. Die Kerzen brannten neben diesen Namen, Hoffnung und Unglück Seite an Seite, das Leben des Volkes … Gebet und Opfer.

In der Touristeninformation bestätigte man Elisabeth, dass es in der Rue André-Benoît ein Altersheim gab, und verkaufte ihr einen Stadtplan. Also war sie eine Touristin, sie spazierte ohne Anhaltspunkte umher. Es war eine ernste, heikle Schnitzeljagd.

Das Altersheim gehörte zum Krankenhaus … die Zukunft war bereits vorgezeichnet. Ein kreisförmiges Gebäude. Die Kreise des Verfalls oder vielleicht ein Streben nach Höherem … je nachdem wahrscheinlich, je nach Moral, körperlicher Verfassung und geistiger Klarheit. Es war ein Schock für Elisabeth, diesen runden, neuen, erstaunlich sauberen Ort zu betreten. Der Schock betraf die Zahl: So viele Alte, vereint in verwirrender Einheitlichkeit, mit gleichem Alter und gleichen Behinderungen, ein grausamer Zusammenhalt in dieser Ansammlung. Sie hörten schlecht, sie sahen schlecht, sie bewegten sich schlecht; eine verkehrte Welt, eine Welt ständiger Mühen, ja, immer noch und immer wieder dieser verdammte gute Wille oder aber diese verdammte Angst, dieser Überlebensinstinkt. Wie sollte sie wissen, was in jedem von ihnen pulsierte? Wenn man sie so flüchtig sah, ohne zu wagen, sie wirklich anzuschauen, gab es eine entsetzliche

Ähnlichkeit, wie sich die Kinder in einem Schulhof ähneln … aber wenn eins von ihnen unseres ist …

Die Gesichter waren Elisabeth zugewandt, neugierig und verwirrt. Sie war neu – eine Besucherin? Eine Schwester? Sie waren bereit, ein Gespräch anzufangen, ein bisschen zu schwatzen, die Abwechslung zu genießen. Sie wusste nicht, an wen sie sich mit dem Brief in ihrer Tasche wenden sollte, wem würde sie ihn geben?

»Suchen Sie jemanden?«, fragte eine kleine, auf einen Metallstock gestützte Frau.

»Isabelle Bon …«

Sie hatte den Namen geflüstert, wie ein Sesam-öffne-dich, ein Geheimnis, zu leise geflüstert, die andere ließ sie wiederholen, und schon waren mehrere Alte näher gekommen, spürten das Rätsel, waren bereit zu helfen oder zu tratschen. Der Name wurde weitergesagt. Sie sahen sich kopfschüttelnd an, verständigten sich, erstaunt, etwas enttäuscht.

»Auf meiner Etage ist sie nicht.«

»Bei mir auch nicht … Vielleicht ist sie auf Paulettes Etage?«

»Ist sie neu?«

Sie hatten solche Lust, sich nützlich zu machen, sie, die für so vieles Hilfe brauchten, die ständig baten, dankten, hilflos, zur Demut gezwungen waren, aber Isabelle Bon gehörte nicht zu ihnen … Gehörte nicht zu ihnen! … Als sie das sagte, erinnerte sich eine alte, dicke, schwerfällige Frau. An die, die niemals akzeptiert worden war, an die, die niemals dazugehört hatte. Sie sah die anderen fassungslos an, und Elisabeth sah ein weiteres Mal die Angst, die an diesem Namen hing:

»Isabelle Bon! Die ehemalige Verlobte von Lucien! Die mit dem Milizionär!«, sagte sie in einem Atemzug.

Da veränderten sich die Gesichter. Wer endgültig die Erinnerung verloren hatte, kehrte ermüdet, enttäuscht in seine Einsamkeit zurück, die anderen, eine kleine Gruppe von vier Frauen, sahen sich schweigend an, und in dieser Stille zog ihre Vergangenheit vorbei, bruchstückhaft, voller Gewalt. Isabelle Bon. Die, mit der man in der Fabrik nicht sprach, die, die man nicht bedauerte, weil sie immer erhobenen Hauptes ging, die, der man nicht half, weil sie so stolz war, die, deren Haus verflucht war. Isabelle Bon! Wie schlecht ihr Name zu ihr passte, und wie sie dem Dorf Schande bereitete!

Die vier Frauen, die plötzlich ihr Alter abgeschüttelt, die Wachsamkeit der Verachtung wieder gefunden hatten, waren in ihrem Vorurteil vereint, wie damals. Wie damals waren sie sich einig, wie damals waren sie untadelig, waren dem Skandal nahe gekommen, ohne sich anstecken zu lassen. Nun sahen sie Elisabeth als das, was sie wirklich war: eine Fremde.

»Was wollen Sie von ihr?«, fragte eine Frau, die so zart war wie eine Liane, rot und zitternd.

»Sie ist meine Großmutter.«

Es legte sich wie ein Schleier über die Gesichter, ein Schatten kam in jeden Blick, die Körper zuckten zusammen. Die alte, zitternde Frau entfernte sich nun auch, sie glaubte, in ihrem Leben alles gehört zu haben, sie glaubte, den Schmerz ausgeschöpft zu haben, aber der Schmerz war hartnäckig und hatte sie soeben wieder eingeholt. Zurück blieb ein schlecht abgestimmtes Trio bestürzter und misstrauischer Frauen, die nicht wussten, ob Elisabeth ein armes Ding oder ein Geschöpf des Teufels war, die nicht mehr wussten … Mit Elisabeths Geständnis wurde eine neue Schuld geboren, ein Unbehagen ob vergangener Feindseligkeit, ihrer Härte und ihrer Einigkeit gegen jene, die das Unglück verkörperte, Isabelle Bon, die niemals auf sie zugekommen war. Vielleicht, wenn sie sich eines Tages anvertraut hätte, vielleicht, wenn sie einmal geweint hätte … Nur einmal …

»Ihre Enkeltochter?«

»Ja. Sie wissen doch …«

Natürlich wussten sie. Alle wussten. Ihr Kind im Stich zu lassen! Dafür gab es keine Worte, das war nicht menschlich, sie wollten nicht einmal daran denken, sie, die ihre eigenen mit so viel Schwierigkeiten aufgezogen hatten und jetzt auf einen Besuch, einen Brief lauerten, oft vergeblich.

»Kommen Sie von weit her?«

»Sehr weit.«

»Woher kommen Sie?«

»Coutainville. In der Normandie.«

»Na so was.«

Elisabeth lächelte sie an. Damit sie aufhörten, sie zu fürchten, damit sie eine erste Regung der Menschlichkeit zeigten, gegen die schlechte Mutter, die schlechte Nachbarin.

»Sie wohnt immer noch bei ihrer Schwester Mariette, Chemin des Hors, gleich neben der Mühle.«

Eine einzige hatte gesprochen, aber alle waren erleichtert. Das Geständnis wog eine Beichte auf. Und die Absolution. Elisabeth schüttelte jeder einzeln dankbar die Hand. Sie hatte die Ruhe und die Routine gestört, sie hatte sie an das Leben erinnert … das vergangene Leben, in diesem Dorf, das nicht mehr wusste, wo sie lebten, ob sie überhaupt noch lebten.

Und plötzlich kam ihr L'Isle groß vor. Je näher sie dem Chemin des Hors kam, desto mehr weitete sich der Raum. Es gab einen neuralgischen Punkt im Herzen der Stadt, einen Knoten, den sie auflösen würde, dieser Tag würde ein Anfang sein.

Und es geschah. Sie stand vor dem Haus von Mariette und Isabelle Bon, gegenüber dem Kanal. Das Wasser war klar, man sah darin graue Fische, zarte Algen, die Böschung war mit Rasen und gekrümmten Bäumen bedeckt, es war ein ruhiger, etwas abgelegener Ort.

Sie klingelte. Sie wusste, dass Clara dieses Klingeln

gehört hatte. Sie war da, neben ihr, in diesem Moment. Niemand antwortete. Sie klingelte länger. Ein ganz junges Mädchen schob einen Kinderwagen über den Uferweg, am Himmel flog geräuschlos ein Flugzeug vorbei, langsam, als respektiere es die Stille dieses Ortes. Die Tür öffnete sich. Die Gestalt einer alten Frau ließ sich im Halbdunkel erahnen.

»Was ist los?«, fragte sie mit zittriger Stimme.

»Mademoiselle Bon?«

»Das bin ich.«

Die beiden Frauen standen einander gegenüber. Der Schatten und das Licht. Die Alte und die Junge.

»Isabelle Bon?«

»Isabelle suchen Sie?«

»Bitte!«

Warum hatte sie »Bitte!« gesagt? Ihre Beine zitterten, sie verstand, warum man auf die Knie fallen und jemanden anflehen konnte.

Die Frau öffnete die Tür. Weit. Schweigend. Elisabeth trat ein. Es roch feucht und muffig, es roch genauso wie das Zimmer, in dem ihre Großmutter ihre alten Kleider aufhob, mit denen sich die Enkel verkleideten, eine Mischung von Mottenschutz, alten Blumen und feuchtem Stoff. War das der Geruch jeder Großmutter, waren wir alle im Bann dieser feuchten Vergangenheit, dieser abgenutzten Stoffe, dieser vergilbten Spitzen?

Die alte Frau führte Elisabeth in den Raum, der als

Küche und Wohnzimmer diente. Die roten Terrakottafliesen waren zerbrochen, die Möbel einfach und massiv, Fliegen starben an Klebestreifen, und die Stille glich der in Grotten oder alten Kirchen, Orten, denen sich die Jahre einprägen, ohne vergessen zu werden.

»Isabelle! Eine Dame für dich.«

Eine Dame für sie. Ja. Ganz richtig diese Vorstellung. Elisabeth hatte den Wunsch, ganz und gar »für sie« zu sein. Und sie sah sie. Eine kleine Gestalt, so fein, so aufrecht, saß dicht beim Fenster, drehte langsam den Kopf, als ihre Schwester sie ansprach – denn jetzt sah Elisabeth, wie ähnlich sich die beiden waren, das waren sie: Mariette und Isabelle.

Mariette winkte Elisabeth heran und rückte einen Stuhl vor die Schwester. Dann ging sie hinaus, mit kleinen Schritten, ohne ein Wort, als wäre es nicht das erste Mal, als wäre das alles natürlich und als wären sie daran gewöhnt, dass plötzlich Unbekannte klingelten. Isabelle sah Elisabeth mit reglosem, ruhigem Blick an, ihre Augen waren so schwarz wie Claras, eine Farbe, die sie ungewollt vererbt hatte, eine gestohlene Farbe.

»Ich heiße Elisabeth. Ich komme aus Paris. Ich habe einen Brief für Sie.«

Ihre Stimme war tonlos, sie hallte in dem alten Zimmer, dumpf, wie erdrückt von ihrem Geheimnis. Die alte Frau stellte keine Fragen. Ihr Blick lag starr auf Elisabeth, war ohne Ausdruck. War sie noch bei Verstand? Konnte man sie erreichen, mit ihr sprechen? Elisabeth holte den Brief aus der Tasche und streckte ihn ihr entgegen. Sie reagierte nicht. Etwas Zeit verstrich, Isabelle saß aufrecht da, beinah weihevoll.

»Lesen Sie ihn mir vor.«

Sie hatte die gleiche schwache Stimme wie ihre Schwester, mit dem südlichen Akzent, der die Worte ein bisschen entstellt, ihnen eine seltsame Betonung gibt. Sie hatte Recht. Es war Elisabeths Aufgabe, diesen Brief zu lesen, die Worte ihrer Freundin auszusprechen, in ihrem Wunsch, im Rhythmus ihrer Sätze zu sein, in ihre Haut zu schlüpfen.

Sie las. Isabelle wandte ihr Gesicht zum Fenster, und ihre Finger spielten mit dem Trauring, den sie an der linken Hand trug, drehten ihn hin und her. Dann herrschte wieder Schweigen, Schwere, eine bedrohliche Stille. Es kam Elisabeth vor, als habe sie die alte Dame geschlagen, und daran hatte sie mit Clara nie gedacht: an den Schmerz, den auch sie ihr zufügen konnten, die Gewalt, noch einmal.

»Verzeihen Sie mir«, sagte sie und steckte den Brief wieder in die Tasche.

Isabelle sah immer noch nach draußen, ihre Finger lagen jetzt reglos auf dem Trauring, der fast ins Fleisch eingewachsen war. Ihr Mund zitterte leicht, ihr Kinn zog sich zusammen, sie schien an ein Hindernis zu stoßen. Endlich sprach sie.

»Warum ist sie nicht gekommen?«

Es war kein Bedauern in ihrer Frage, etwas Misstrauen vielleicht.

»Sie ist krank. Sie hat eine nervöse Depression. Ein Wort von Ihnen würde ihr helfen, glaube ich.«

»Worte, die kann ich kaum.«

Elisabeth ärgerte sich über sich selbst. Sie kam der Wahrheit nicht näher, sie blieb weit weg, weit weg von diesen vergewaltigten, zerstörerischen Jahren. Sie kam ihr nicht näher, dieser scheinbar so einfachen Frau. In ihrem tiefsten Innern zerrissen.

»Also, wenn ich richtig verstanden habe … heißt sie Clara Mercier. Stimmt das?«

Nein. Nein, Sie haben falsch verstanden, sie ist nicht die Erbin dieses Namens, die Vertreterin dieser Männer. Sie ist … Sie ist Clara. Nur ein Vorname.

»Clara Mercier? Wie die im Radio?«

Zuerst verstand Elisabeth nicht. Das Wort »Radio« passte nicht zu der Geschichte, hatte nichts mit der Situation zu tun … und dann wurde es ihr plötzlich klar. Clara Mercier! Die Journalistin, die nette Stimme im Radio! Natürlich!

»Natürlich! Das ist sie. Ja, das ist sie. Die aus dem Radio.«

»Sie spricht gut.«

War das ein Kompliment? Oder war es der Graben, der noch etwas tiefer wurde zwischen der, die keine Worte hatte, und der, die gut sprach?

»Clara ist schön, wissen Sie, so schön, wie ihre Stimme sanft ist.«

»Mein Leben, das war nicht schön.«

Elisabeth schwieg. Sie stand vor einer Frau mit Verbrennungen dritten Grades, die sie nicht berühren konnte, ohne ihr unendliche Qualen zu bereiten. Gab es eine heile Hautparzelle in diesem verpfuschten Leben? Isabelle sah immer noch nach draußen, und Elisabeth dachte an Claras Vater, an seinen Sessel am Fenster, misshandelte Geschöpfe, die sich für immer hingesetzt hatten.

»Ich habe das Kind nicht gesehen. Mariette hat mich entbunden. Sie hat mir gesagt, dass es ein Junge ist, dann hat sie es weggebracht. Sie hat es zurückgegeben ... Die Leute haben gedacht, dass ich L'Isle verlassen habe. Die Leute ... sie hätten sich gewünscht, dass ich weggehe, oh ja. Ich habe mich versteckt. Hier. Chemin des Hors. Nach der Befreiung bin ich zurück in die Teppichfabrik gegangen. Lucien ...«

Die alte Frau begann zu husten. Ihre Worte zerbrachen, kaum dass sie ausgesprochen waren. Ihre Augen tränten ein bisschen. Sie zog ein Taschentuch aus dem Ärmel und putzte sich lautstark die Nase. Der Husten beruhigte sich nicht. Er war rau, krampfartig. Elisabeth stand auf, um Wasser zu holen, Gläser trockneten neben einem tönernen Becken, aber Isabelle nahm das Glas nicht, das sie ihr reichte – vielmehr Isabelle *sah* das Glas nicht, das sie ihr reichte. Sie war blind. So war es Mariette, die das Glas aus Elisabeths Händen nahm und in die der Schwester gab.

»Sie müssen jetzt gehen«, sagte sie ruhig, keinen Widerspruch duldend. »Wissen Sie, wenn man die Ehre verloren hat, hat man alles verloren. Sogar ihr Verlobter wollte sie nicht mehr.«

»Sag das nicht!« Isabelles Atem war noch unregelmäßig, rau vom Husten.

»Er hat den Milizionär getötet, um sie nicht zu töten, das ist idiotisch, wissen Sie, tot war sie schon, also …«

Und sie wies auf die Tür.

Das war also alles. Das war alles und nichts. Das Unglück machte keinen Lärm, es war in sich selbst versunken, unzugänglich für die anderen. Isabelle hatte bei der Geburt ihres Sohnes die Augen geschlossen, sie war blind für ihre Enkeltochter, und trotzdem … »Sag das nicht!«

Sie hatte ihrer Schwester widersprochen.

»Sag das nicht!«

Was war die wahre Geschichte von Isabelle und Lucien? Alle diese Geheimnisse, diese missachteten Verbote, die gestohlene Lust im Leben einer Frau … Wer würde je die Erinnerungen der alten Blinden an ihrem Fenster erfahren?

Elisabeth stand wieder am Kanal … So wenig Zeit war vergangen. Das Mädchen mit dem Kinderwagen saß auf einer Bank, zwei weiße Flugzeugspuren zogen sich durch den tiefblauen Himmel. Es war vorbei. Mariette hatte den Riegel vorgeschoben. Den Riegel, den ein entfesselter Milizionär eines Abends nach dem Besäufnis aufgebrochen hatte.

L'Isle existierte nicht mehr.

Die Hoffnung von L'Isle existierte nicht mehr.

Sie würde Clara sagen müssen, wie es hier war. Niedrige Häuser. Verlorene Gässchen, nutzlose Schaufelräder. Stege, nur ein paar Schritte lang.

Und dieser unbeugsame Himmel, dieser Gigantenblick über der Stadt.

Aber die Tür hat sich geöffnet. Erneut. Es begann von vorn: Elisabeth im Licht, die alte Frau im Schatten. Sie forderte sie nicht auf hereinzukommen. Sie stand auf der Schwelle ihres alten Hauses, reglose Wächterin, vertrautes Standbild.

»Isabelle will es. Ich nicht. Sie sagt, das ist für Clara. Nehmen Sie es und kommen Sie nicht wieder.«

Sie hat die Hand ausgestreckt.

Elisabeth hat ihre im Gegenzug geöffnet. Die Frau hat mit einer brüsken Bewegung den Trauring hineingelegt, und die Tür hat sich geschlossen. Und der Riegel. Lauter diesmal. Ein Geräusch um fortzuschicken. Zu verjagen.

Elisabeth hat das Ufer verlassen. Den Kinderwagen. Die feinen Algen. Die gekrümmten Bäume.

Sie ist zum Hotel gegangen. Der Chemin des Hors ist in der Vergangenheit versunken.

Sie ist einen Moment stehen geblieben, um den Ring anzusehen. Innen ein altes Datum: 1920. Ein Datum vor der Miliz, ein glückliches Datum vielleicht, das Clara an ihrem Körper bewahren würde.

Aber sie würde ihr am Telefon nicht von dem Trauring erzählen. Sie würde es wie Mariette machen, sie würde die Hand ausstrecken. Sie würde ihn weiterreichen, ohne ihn anzukündigen.

Sie ist die schattige Straße entlanggelaufen. Sie wusste es schon immer und spürte es zum ersten Mal, es machte sie fast schwindlig: In einem Leben sind nur wenige Menschen für uns wichtig, sind nur zwei, drei Dinge von Bedeutung, alles Übrige ist Illusion, ein bisschen Lärm, panische Angst vor dem Tod. Sie spürte es bis in ihren Körper, es war berauschend, von beinah unerträglicher Intensität. Sie hatte zu viel Zeit verloren, zu viel von sich selbst, in belanglosen Sorgen, lächerlichen Ängsten, oberflächlichen Beziehungen und Liebschaften, die nicht zusammenpassten.

Aber heute, in L'Isle-sur-Sorgues, hatte sie gelebt.

Heute war sie sie selbst.

Und sie hatte Lust, drauf zuzugehen. Auf dieses Leben. Offen. Voller Verheißung.

Für sie gemacht.

Die Übersetzung wurde mit Mitteln des Bureau des Livres gefördert

Titel der Originalausgabe: *Un si bel avenir*
Umschlaggestaltung: Michel Keller, München,
unter Verwendung eines Fotos von Jack Pierson
Typografie + Satz: Frese, München
Druck + Bindung: Clausen + Bosse
ISBN 3-88897-364-3